我们坚持一件事情,并不是因为这样做了会有效果,而是坚信,这样做是对的。

——哈维尔

看天下

不一样的日本人

庄庆鸿 / 著

清华大学出版社
北京

内 容 简 介

《不一样的日本人》记录了20世纪50年代至今，许多日本反战和平人士保护中国死难者遗骨，数十年挖掘中国"慰安妇"、劳工集中营受害者等历史证人，抢救历史，并无私帮助中国受害者起诉日本政府，与日本右翼势力斗争的鲜为人知的真实感人故事。

本书封面贴有清华大学出版社防伪标签，无标签者不得销售。
版权所有，侵权必究。举报：010-62782989，beiqinquan@tup.tsinghua.edu.cn

图书在版编目（CIP）数据

不一样的日本人 / 庄庆鸿著. -- 北京：清华大学出版社，2016 (2024.9重印)
（看天下）
ISBN 978-7-302-42827-5

Ⅰ.①不… Ⅱ.①庄… Ⅲ.①纪实文学 – 中国 – 当代 Ⅳ.①I25
中国版本图书馆CIP数据核字（2016）第028419号

责任编辑：	李　莹
封面设计：	钟　达
责任校对：	王荣静
责任印制：	刘　菲
出版发行：	清华大学出版社
网　　址：	https://www.tup.com.cn, https://www.wqxuetang.com
地　　址：	北京清华大学学研大厦A座　　邮　编：100084
社 总 机：	010-83470000　　邮　购：010-62786544
投稿与读者服务：	010-62776969，c-service@tup.tsinghua.edu.cn
质量反馈：	010-62772015，zhiliang@tup.tsinghua.edu.cn
印 装 者：	河北盛世彩捷印刷有限公司
经　　销：	全国新华书店
开　　本：	148mm×210mm　印 张：8.125　插 页：1　字 数：171千字
版　　次：	2016年4月第1版　　印 次：2024年9月第2次印刷
定　　价：	29.00元

产品编号：068091-01

序

捍卫和平，也要携手日本人民

清华大学当代国际关系研究院副院长
刘江永

  2015年，是抗日战争胜利70周年，也是"花冈事件"70周年。日本侵华战争期间，日本鹿岛公司奴役中国战俘、劳工，是东条英机内阁的历史罪行之一。约有4万中国劳工、战俘被押解到日本135个地方做苦役。1945年6月，在花冈煤矿，忍无可忍的中国劳工和战俘一起发动了"花冈暴动"，但起义遭到残酷镇压，986人中有419人客死他乡。

  抗战胜利纪念日前夕，天津烈士陵园隆重举行"在日殉难烈士·劳工纪念馆"改陈开馆暨"花冈暴动纪念园"开园仪式时，除了100多名"花冈事件"遇难者的后代，还有许多致力于和平正义的日本人出席了这一活动，比如町田忠昭先生。他曾参与营救日本反战同盟领导人鹿地亘的行动，并帮助收集和护送花冈事件烈士的遗骨，克服重重困难送交中方。他自称"万年苦力"，60多年来一直敦促鹿岛公司道歉、赔偿，为中国劳工及遗属讨公道而坚持斗争。作为中日近现代交往史中诸多重大事件的亲历者，这位老先生的口述回忆非常珍贵，就记录在这本书中。

很多中国同胞不知道的是，这样热爱和平的日本人还有不少。

1953年7月7日，日本朋友和华侨护送花冈烈士遗骨回国时，廖承志曾特别表示："我们坚信日本爱好和平的人民，一定能够粉碎复活日本军国主义的阴谋，在保卫东方和全世界的和平斗争中，发挥他们的力量。"

这本口述历史性质的《不一样的日本人》，由清华大学新闻与传播学院毕业生庄庆鸿历时五年多调查走访而成，记录的就是这样一群值得中日两国人民了解、记住的日本人：

无论是研究揭露靖国神社本质的日本学者，还是不惜卖房帮中国受害者打官司的日本律师；无论是常年坚持正视侵略罪行的政治家，还是毕生反对美化侵略的企业家，这些日本人的存在，充分证明了反对战争、珍爱和平，即使在加害国也是一种强大的民意。庄庆鸿能抓住这个有意义的问题，克服重重困难，持之以恒地采访、调查并汇集成册，实在难能可贵。

2015年的"九一八"事变纪念日当天，我在《人民日报》上发文指出，中国共产党一直坚持把日本军国主义侵略战争的罪魁祸首与日本人民加以区别。抗战时期，八路军就坚持人道主义的俘虏政策，促进日本反战同盟的壮大。毛泽东曾批示："要把帝国主义的政府和这些国家的人民区别开来，要把政府中决定政策的人和一般的官员区别开来。"这一方针，直接推动了中日邦交正常化的实现。

今天，我们仍要把日本右翼势力及其代表人物同广大爱好和平的日本人民区别开，建立抵制日本政治右倾化的统一战线。中国纪念抗战胜利，举行阅兵活动，既不是针对现在的日本，更不是针对日本人民，而是要弘扬伟大的抗战精神，珍爱和平、开创未来。正如联合国秘书长潘基文所说，联合国是维护公平与正义的。在反抗法西斯军国主义的大是大非问题上，不存在保持中立的问题。

中国反对的是法西斯军国主义，战争期间要坚决反抗，和平时代更要坚持反对。如果有谁认为中国的纪念活动是针对他的，就等于承认他就是军国主义立场的继承者。我们也需提醒自己，永远都要把站在美化侵略立场上的人与捍卫和平的人区分来看。

町田忠昭老人曾向我表示，安倍内阁的政策令人担忧。他的老伴劝他保重身体时曾说："你个人改变不了这个世道。"而他兴奋地告诉我，现在日本年轻人正在觉醒！如他所说，2015年夏，几万日本民众把内阁团团包围，反对安倍内阁强行通过"安保法案"，跟20世纪60年代日本群众抗议《日美安全保障条约》签署的历史非常相似。这段历史及其精神的延续，在《不一样的日本人》中也通过亲历者之口予以呈现。历史和当下都说明，破坏和平的行为，永远不会得到人民的同意。

今天的和平，是一种国际性的事业，需要最广泛的人民参与。反对军国主义，防止悲剧重现，必须携手包括日本在内的全世界人民。正义必胜！和平必胜！人民必胜！这个道理中国人民懂得，有良知、有远见的日本人民同样坚信。

前言

最后的朋友

2013年7月的一个夏日,我踏入东京一座几乎绝无中国游客知晓的寺庙。

枣寺。

这里保存着"二战"时期被强掳到日本、被残酷奴役至死的中国平民,国、共两党部队战俘的遗骨。漂洋过海来拜祭的老婆婆痛哭失声,发福的中年人、年轻小伙找到自己祖辈的名牌,几欲跪倒。

当我们即将离开枣寺时,一位满头白发、瘦削的日本老先生却突然向我招手:"到这边来。"

老人叫町田忠昭,60年前曾亲手送走几百个中国死难者骨灰盒,也曾为此对日本政府静坐示威。

我跟着他绕过本堂,走向院墙边的一座墓碑。"这是当年保护中国死难者遗骨的老住持!"他左手扶向墓碑,右手用力一挥。

当年的中年住持,如今已长眠于一生守护的宝刹。当年二十出头的毛头青年,如今也已迈过八十高龄。

离开前,我鞠躬:"请一定健健康康下去。"

"我是老啦,"老先生突然指着我说,"你是我的'penyou'。"

见我一时没听懂,老人重复:"'pengyou',在中文是'朋友'

的意思吧？我没说错吧？你是我交上的最后一个中国朋友了！"

我顿时心酸，忙说："还有很多中国人都会成为您的朋友的！"但老人已经笑着背身离去了。我再没忍住眼泪。

在本文里记述的很多日本人都已过知天命之年，甚至有几位已因病离世。

他们之中，很多人已白发苍苍，他们不是圣人、完人，也有各自的优缺点，但他们几十年来无私地支援、帮助着中国的历史证人——日本侵华战争受害者们。

这些日本人，不求名利，不求理解，不求回报，不求感谢。

这些日本人，保卫证人，保卫真相，保卫历史，保卫和平。

他们的一生，与日本右翼的攻击和威胁作战，与自己的清贫和寂寞作战，与日本社会的冷漠和侮辱作战。

没有这些日本人，"'二战'日军性暴力受害者中国第一人"万爱花大娘就不会去东京控诉日军罪行；没有这些日本人，沉默的受害者们可能永远湮没在屈辱的黑暗中；没有这些日本人，中国民间力量也许就不能联合起来一次次起诉日本政府……

他们，是很多人前所未闻的"不一样的日本人"。

在中国，大多数人对日本的印象限于两方面：一是不承认历史的偏右翼日本政府负面印象；二就是日本旅游、宫崎骏、东野圭吾等组成的丰富文化印象，但有几人知道这些"中国的朋友"？

我决定用文字抢救这些"中国的朋友"。

抢救他们的记忆，就是抢救历史。

目录

序 捍卫和平，也要携手日本人民 /I
前言 最后的朋友 /V

女 性 篇
"二战"日军性暴力受害者问题
抢救历史的女人们

一、"不可能完成"的奇迹 /3
　　"时隔50多年听到日本男人说话，她还浑身发抖" /4
　　一群用中文喊"大娘"的日本人 /8
　　"请不要向我们道谢" /14

二、"我爱过，义愤过，战斗过" /20
　　三个残忍的真实故事 /21
　　判决日本天皇"有罪"的"奇迹法庭" /24
　　"最后两个月，全力疾走" /41

三、"现在是最坏的时代，也是最好的机会" /52
　　日本历史教科书里，"慰安妇"问题去哪儿了？ /53
　　日军性暴力，为何无人被审判？ /57
　　日本年轻人为何不关心"慰安妇"问题？ /61

四、万大娘的最后一次尊严 /64
　　穿过海啸的阴影来看你 /64
　　"慰安妇"的晚年实况：孤独的勇敢与凋零 /71
　　万爱花大娘的最后一次尊严 /75

男　性　篇
"二战"日军强掳劳工问题
历史，活着

一、六十多年前，中日之间的那一艘船 /85
　　20世纪40年代，生离死别 /85
　　与400多位死难者骨灰共眠的东京和尚 /91
　　"我们宁愿跟骨灰一起被炸沉！" /97

二、鲁迅的好朋友 /103
　　"原来我们不是来'东亚共荣'的！" /103
　　"在中国反战的最勇敢的日本人" /109
　　京都之行 /114
　　呼吁营救中国战俘的日本人们 /117
　　"忆往昔峥嵘岁月稠" /125

三、一座日本城市60多年的祭奠 /129
　　华人暴动，在日本帝国主义大本营 /129
　　一个男孩和一座城市的反思 /133
　　起义领袖，重临狮子山 /139

历史就是要刻在石头上 /148

四、为死难中国人画像的日本人 /156
　　6830 双布鞋，20490 次弯腰 /156
　　在南京大屠杀纪念馆摆鞋的日本人 /159
　　"我更想让日本人知道这些" /162

五、田中宏——参与中国劳工对日诉讼的权威学者 /168
　　印有"伊藤博文"的千元日币 /169
　　第一次"民告官"，他帮留学生告赢了日本文部省 /178
　　越战阴云 /188
　　一个中国女留学生的抉择 /192
　　"不能原谅忘记历史的行为" /197

六、尊严苦旅：中国"二战"受害劳工对日诉讼 /200
　　历史的苏醒 /200
　　花冈劳工的尊严之战 /206
　　为什么总是告不赢日本政府和企业？ /213
　　向三菱维权："朋友啊，黎明即将到来……" /219
　　纪念新美隆与川口和子律师："我们反对军国主义复活的决心不会变" /230

后记/240

参考文献/245

女性篇

抢救历史的女人们

『二战』日军性暴力受害者问题

一、"不可能完成"的奇迹

暗蓝的海底上方有潜艇隆隆开过,发青的头骨半沉在海沙中,深紫的穗子缠绕在大贝螺上。火红的海鱼游近一具小小的白色的女人身体,一只鹦鹉螺正要将她轻轻包裹。一只黑色的眼睛,眼角挂着一滴泪水。

2010年3月21日,日本女画家富山妙子《海之记忆·献给慰安妇之花》的海报,从东京漂洋过海,放在了山西省武乡县八路军太行纪念馆的展桌上。

这一天,头发花白、60多岁的石田米子女士踏进了在这里开展五个月的"'二战'时期日军对妇女犯罪图片展"展厅。

日本女画家富山妙子《海之记忆·献给慰安妇之花》的海报。

2010年山西省武乡县八路军太行纪念馆的"'二战'时期日军对妇女犯罪图片展"。

是她带领的"查明山西省内侵华日军性暴力实情·与大娘共进会"（简称"山西省查明会"）等日本民间组织，从20世纪90年代开始，年复一年，寻访当年受害而沉默了半个世纪的中国大娘们。

她们跨越国界的调查，是一个平常人眼里"不可能完成"的奇迹。

"时隔50多年听到日本男人说话，她还浑身发抖"

在中国农村传统社会里，"那个事"是一件让所有村人都讳莫如深的事。

山西盂县河东村杨秀莲的养母南二仆，在她虚岁4岁时上吊自尽了。

在杨秀莲小学三年级的时候，村里开了忆苦思甜大会。老人带领孩子登上了当地的羊马山，在山上对他们说："抗日战争的时候，日本鬼子从盂县县城来山上修炮台,还进村子里杀村民、强奸妇女,其中也有南二仆。"

当时只有虚岁13岁的杨秀莲不懂得"强奸"的意思。她回到家和养父讲白天听到的话,父亲哭着抱紧了她,只是说:"你还是小孩,等你长大了我全都告诉你。"

但直到1993年养父患肝癌前,所有人都没有再同她说过母亲身上发生过什么事。她是在父亲临终的病床前,才得知真相的。

盂县河东村的尹玉林大娘因受害曾长期不育,但她的丈夫直到去世都被蒙在鼓里。"如今想起当时的事,仍然会吓得浑身颤抖,就连端起茶杯喝水都做不到。"

满头白发的旅日华侨中日交流促进会代表林伯耀先生至今还记得,两年前他访问南京时,一位性暴力受害的大娘哭着对他说,她周围的男性说"这个女人不干净",还有上了年纪的男人说,"这种女人是中国人的耻辱"。

林伯耀曾找到一位侯大娘愿意去日本作证,虽然丈夫同意,周围的人却都强烈反对。"她坐车来镇上,有些晕车,在一位亲戚家休息,又遭到这位亲戚的强烈反对,侯大娘就放弃了作证。两年后,她丈夫去世,侯女士对未来绝望,就自杀了。"

1992年,冈田大学教授石田米子第一次踏上了万爱花家乡的土地。日本的她,要寻找中国的她。

1992年的日本经济GDP总额是4 804 921亿日元,中国是26 924亿元人民币。当时来到盂县的石田米子等人,骤然面对的是一个黄沙满天的陌生农村。

"我们来的时候是冬天，一点绿色都没有，到处都是这样的岩石，每一样事物都叫我们吃惊。"她朝车窗外飞逝的黄土高原挥挥手，如今光秃秃的荒凉黄色是她的老相识。

那时候农村的人们也尽可能"设宴款待"了她们。石田女士扳着指头，直接用中文来数当时的佳肴："土豆、红萝卜、玉米……一点肉也没有。"

当然，她们对中国农村的吃住"完全不习惯"，不过最叫她们吓一大跳的却是另一样——"厕所！"石田米子一拍掌，掩口笑起来，"两条石头一个坑，低头一看，旁边就养着猪！"

当时跳入这位大学历史学教授脑中的第一反应是："学历史的时候，我看过中国汉朝的画像砖上有厕所外养猪的形象，咦，原来在20世纪的中国也有！"

最初，别说是打开大娘的心扉，就是想要靠近她们身边，对刚来中国的日本志愿者来说，都是一个几乎不可能完成的任务。

石田米子女士一直记得第一次见到高银娥大娘时的情景。

"时隔50多年，一听到日本男性的声音，她就浑身发抖。不管我们怎么解释，'这是我们的工作人员，绝对不是坏人'，大娘都一直颤抖着，好像失了神……我第一次见到这情形，胸口就像重重被打了一下。"

最后，石田米子走向前，伸出手抱紧了高银娥。她一边抱着老人，不停在肩头重复说"不是坏人"，老人才慢慢镇定了下来。

李贵民是受害者万爱花大娘的干亲，这位小学没毕业的农民是最先参与帮助调查的人之一。他保留的录音材料成为后来中国大娘起诉日本政府律师团的重要证据。他摇着头说："刚开始调查很困难，都不愿意说……"

日本民间调查团反复听取、取证的受害女性，有山西省盂县西烟镇、河东村等地的12位大娘，还有许多同样经历了战火的老村民。让老人们开口讲述受到性暴力侵害的残酷往事，是如何做到的？

"每次访谈时一定要有家属同行。"石田米子在调查笔记中写道，"最初是和她的丈夫，或者女儿、养女、孙女、侄女、姐夫、干亲，坐在一起聊天。随着我们之间越来越熟悉，从第二次或第三次开始，在访谈时我们谢绝男性亲戚在场。"

在她们的调查采访中，高银娥大娘"记得和她一起被抓的女人的脸，记得她坐在马拉的大板车上被拉走，记得在她的房门外拿着纸牌排队的日本兵，可就是说不出自己是被关在哪里"。

"她们受到过多恐怖和惊吓，每天都是这个状态，"石田女士缩起肩膀，模仿双手颤抖地抱住头的动作，"总是只知道眼前十来米距离的事情。"

"如果要面对自己最不愿意面对的屈辱的、悲伤的、痛苦的过去，转而想明明白白地活在今天，她们需要什么契机呢？即使我们对她们说，这是历史调查、社会调查，所以要说出来，也不会得到想要的回答。"石田米子写道。

"很多大娘都认为这是人生最大的耻辱、羞耻，在村里被人看不起，自己也抬不起头来。我们反复告诉她们：发生这种事不是你有罪、不是你的错！"石田米子说。

一群用中文喊"大娘"的日本人

终于，在一次长谈中，高大娘慢慢地对石田米子她们说了出来："……一到晚上，又是我一个人被带到窑洞里，别的女人都是老人和小孩，所以总是只有自己一个人被叫出去糟蹋……"负责整理的志愿者佐藤佳子反复听着录音，记下这一句话。

有无数句这样的控诉，来自不会读写、只说山西盂县方言的大娘们，经历重重交流、翻译，终于变成现在我们能看到的白字黑字。这其中，大娘们很少说"强奸""轮奸"，她们用的字眼都是"糟蹋"。

现在，我们知道了，杨秀莲的养母南二仆当年相貌清秀，1942年被侵华日军军官"傻队长"从藏身的地窖里拉出来，在自己家里遭受了性暴力侵犯。此后被拉到日军驻地，先后被两人"霸占"。

南二仆中途逃跑过。恼怒的日本兵"苗机"找不到她，就把她当时只有10岁的弟弟南栓成用绳子拴在马鞍上，让马拖着他在村里跑了好几圈，"直到绳子自己断了，刮得肚子到处是血"。躲在菜窖的南二仆听说了，就自己走了出来，再次被掳回去，被"糟蹋"到1945年，才回到家。

现在，我们知道了，在尹玉林大娘虚岁19岁的春节后，侵华日军闯入她家，"糟蹋"了她和姐姐。那天以后，这样受害的日子重复了一年多。尹玉林无法正常给刚出生的婴儿喂奶，只好靠她妈妈嚼碎了胡萝卜喂给孩子……但一年后，孩子还是在土炕上停止了呼吸。

"那是个很可爱的孩子啊，现在想起来就想哭啊……"尹大娘这样说，石田米子记下。

现在，我们知道了，赵润梅大娘至今清楚记得她"虚岁17岁那年，农历四月初二"。

那天早上，她闻声出门，看到隔壁的蔡银柱爷爷被刺刀捅入肚子，内脏都流了出来，浑身是血。她吓得双腿发软往家逃，日本兵追入她家，挥刀砍向想要保护她的养父母。母亲脑后被砍了一刀，父亲喉咙被刺刀挑了。就在濒临死亡的养父母面前，两名日本军强暴了未婚的她。后来，她被绑在驴子上，拉到日军据点的窑洞中，度过了"痛苦无法言表"的40多天……

令人惊讶的是，即使是不懂中文的日本志愿者，交流中也都一定会说一个汉语词：不是"你好"，不是"谢谢"，也不是"吃饭"，而是"大娘"。

"这是最初来的时候就这么叫了。"1992年第一次到盂县时，石田米子就听到大家喊万爱花"万大娘"。

"1996年我们来到农村调查时，大家就叫开了，不过我因为年龄相近，总是喊她'万大姐'。'大娘'这个特定的称呼，是包含了我们对坚强地面对伤痕、勇敢站出来为历史作证的女性们的无比敬意。"石田米子说。

"在我们中间，谁都没有中国农村工作的经验。而且，这项调查是紧紧围绕每个受害女性相关的村庄的，我们试图借此来重新审视我们自身对于那场战争的认识。因此，没有任何可以称作是调查模式的东西。整个调查也就是不断地犯错误的尝试过程。"她在调查笔记中写道。

"她们连自己的名字都不会读写，因此让她们自己写下来是不可能的。村里的男性都能看懂我们提供的文字材料，而对妇女来说，就算是拿地图或者抽象的图像给她们看，她们也很难说明。我们只好拿纸画上一座山、几座炮台，再问：能指出你的村子在哪里吗？还常常得不到回答。而对于地名、人名，她们都是通过声音来认识的，无法通过文字沟通。"

当她访问战争期间盂县发生的"南社惨案"时，问村民们："这是发生在百团大战之前还是之后？"男人们基本都能回答得上来，而女人们却连"百团大战"是什么，都不知道。

在调查中一个非常大的难题是，大娘们的方言口音浓重，而且没有受过学校教育，因此翻译不能只懂普通话和日语的互译。

"我们发现，能够完全听懂没有上过学的盂县农村老人方言的中国人，在太原市几乎都没有。我们找到了少数正在山西、河北、内蒙古留学的日本留学生，还有当地翻译。"石田米子说。

"由于表述的条理不清，以及词汇不充分，或者出现了无法合适翻译的当地方言，就会容易产生误解。所以我们非常慎重地对全部证言进行了录音。对重要证言的全部或者部分，不仅仅依靠翻译出的日语，而是反复听保留在磁带上的证言者的原话，最终才形成现在的译文。"

盂县西烟镇、河东村、羊泉村、南社村……这些多数中国人都不知道的地名，如今，在日本志愿者的笔下，化成了 16 位已知受害妇女受害地、被绑架地的示意图。

令人难以置信的是，这些民间团体的所有日本人都不是专职人员，他们有的是律师，有的是教师、公司职员……所有工作都是他们利用晚上和周末的业余时间完成的，没有任何酬劳，只有付出。

随着时间流逝，越来越多的专家和机构知道了他们的调查、施以援手：中国社会科学院近代史研究所、中国人民抗日战争纪念馆、山西省史志院、山西省档案馆、山西大学……

随着大娘们提起中日都举国关注的对日本政府诉讼，石田女士她们的调查进入了第三年。

在访谈的最初两年多时间里，她们认识到，在大娘家或者村里的其他民房中，没办法有安静的谈话环境。所以就想了个办法，一般就请她们到太原市逗留几天，在饭店客房对每个人进行长达两三天的详细访谈。

1996年10月18日晚上10点，志愿者村中文江女士第一次来到了中国，落地首都机场。

她和万爱花女士已经见过三次面了：1992年的慰安妇问题国际听证会、1992年和1996年在日本的两次和平集会。"1992年万大娘在听证会上发表证言的时候，震惊得几乎倒下的身影，我至今记忆犹新。1996年8月，历时3年6个月的冲锋，万爱花大娘看起来更加精神矍铄了。发表证言演讲后，她自己也表示，比起上次，终于把想说的话清楚地说出来了。"

19日清晨，她们坐上行程6小时的大巴，赶到了太原。

村中文江的心情始终很沉重、忐忑："战后50来年都没再接触过日本人的大娘们，知道要与日本人见面，心里究竟是什么滋味？再次听到日语，会怎么想？"

在她面前出现的三位日军性暴力受害者幸存者，包括万爱花大娘在内，都是第一次受邀来太原接受口述历史的访问，有些紧张。日本志愿者和律师做了说明："时间紧张，请大娘们分别到房间内进行采访吧。"

村中文江很快地架好摄像机，但是采访没有面对摄像机经验的大娘们，并非易事。她小心翼翼地问："可以说一下被性暴力侵犯的经历吗？"一位大娘苦笑着说："太丢人了，说不出来啊！"老人重新调整了一下情绪，才慢慢开始说，一说就停不下来。一位大娘说到"我丈夫是共产党员，被日本兵杀害了"时，不禁泪流满面。

另一位大娘一直紧紧地盯着翻译，一边说着当年的事一边用手比画着，陪着她来的姐夫也会时不时地补充。姐夫重复当年日本军的话，一下子勾起了大娘痛苦的回忆，泪水漫过了她的面颊。看到此景，金翻译忍不住温柔地抱住了大娘。

"我这个突然到访的日本人，请她们讲一下50年前不堪回首的过往，这对大娘们来说，其中的心酸痛苦是我们无法想象的。"村中文江也只能一边想"谁也不要再犯下这样的罪行了"，一边坚持拍摄。

虽然大娘们用尽各种方式想要和村中文江沟通，只会说日语的她能做的只有点头和微笑："这令我懊悔不已。尽管如此，大娘们还是回以笑脸。要是当年日本没有侵略，战后50年，今天他们的生活会有怎样天翻地覆的不同？人生一定是快乐的。"

10月20日早8点，他们出发前往山西盂县的羊泉村和进圭社村，车程4小时。万爱花大娘4岁时就被卖到羊泉村做童养媳，之后又被日军掳到了进圭社村。

山西几十年不遇的大雨阻断了去路,他们下车二十几次,一边清障开路一边赶路。

"我看着这片广袤的大地,不禁思考,日军为什么要侵略中国?究竟有何意义、目的何在、从中又能获得什么?究竟什么原因使得日本一定要侵略其他国家?"村中文江记述道,"汽车对整个村子来说,好像非常罕见。村民们纷纷停下手边的劳作,看着我们的车。我看着人群,想着他们之中有多少人曾受到日军的虐待和迫害,心里只有无限的酸楚悲伤。"

巴士停在了当年9位大娘被日军强掳的山上。寻找当年日军炮台的时候,一位老人走了过来,为日本志愿者指明了炮台的位置:"羊马山——河东炮台。"那位老人说自己15岁起就被日军强逼去修炮台,村中文江赶紧记录。

他们沿途拜访了一些人家,继续赶往进圭社村。

村口的2层小楼上挂着一个大看板,白色粉笔写着"进圭社村",看上去年代久远。村中文江立即准备好摄像机准备记录这里的一切。她一从车上下来,就被村里的人围住了。"孩子们兴奋地在周围跑,我不假思索给孩子们照了好几张照片。"

他们来到了村中的一个高台,就是当年万爱花女士被日军逮捕、监禁、强奸的地方。现在一位老爷子住在这里,建筑的入口处有两个房间。家的旁边,是日军当年的据点。

万爱花大娘通过翻译对村中文江说:"日本兵来了,我的人生结束了。"简单的几个字让她陷入了无尽的沉思。

村中文江实地走访并询问了当年的情况。"万大娘曾经回来过两三次。这得需要多大的勇气！我不禁心生敬佩。很多当地方言我都无法马上听懂，只好全部用摄像机记录下来。"

之后，他们去了万爱花曾两度被拐卖的羊泉村。村中文江找到了万爱花女士的养父家，然后又拜访了村支书。"虽然我受到了热情的欢迎，但接下来听到的话让我难受心痛。李书记的父亲是当时的村长。他的叔父被日军虐待殴打，他父亲悲愤交加，却毫无办法，哭得声嘶力竭、痛不欲生。我一辈子也忘不了。"

从第八次来华调查开始，来太原也成了大娘们体力上的一个负担。"而且村里的言论也慢慢发生了变化，她们本人变得不太在意村里周围人的注视，我们开始在她们自己家或者西烟镇的李贵明家里访谈。"

从 1996 年到石田米子等人的《发生在黄土村庄里的日军性暴力》一书诞生的 2003 年，日本民间调查团留下了 150 多盘珍贵的磁带记录，每盘时长为两小时。

2004 年 4 月 27 日，《发生在黄土村庄里的日军性暴力》和相关录像资料被作为"慰安妇"索赔案的证据，提交上了东京高等法院。

但 2005 年 3 月，东京高等法院认定了"慰安妇"事实，却驳回万爱花等人的请求。同年 11 月，日本最高法院驳回了她们的上诉。

"请不要向我们道谢"

中国受害妇女在日本法院接二连三的败诉，引发了"山西省·查明会""女性之战争与和平纪念馆"（简称 WAM）等日本民间组织的一个决心。2007年的春天,她们开始筹备,想在中国举办一场"二战"日军性暴力图片展。

WAM共同代表池田惠理子解释了缘起:"我们的最初动因是在日本法院进行的'慰安妇'、性暴力诉讼先后都败诉了,这再一次将斗争了许久的大娘们推向更强烈的愤怒和无比的绝望之中。虽然败诉了,但为了恢复'大娘'们的尊严,我们仍然要继续与她们同步行动。所以我们希望将她们的受害事实和苦难的人生、充满勇气的斗争作为历史的记忆,转告给更多的人,加深对她们斗争的敬意。我们强烈希望让这个展览在中国的山西省展出,是因为在山西有16位已站出来的受害女性。"

这一"传达",就耗时两年多。志愿者们挤出睡眠时间,埋头在170米长的展览设计、选稿、翻译之中。"我们不停地讨论,作业量很庞大,大家就像迷失在树海之中。"池田女士笑着说。

在八路军太行纪念馆馆长魏国英建议下,日本志愿者制作了令人惊叹的"慰安妇的世界地图"。

WAM中一位30岁上下的女志愿者,在业余时间抽取了日本历史记载等各种档案资料,包括受害妇女在法庭上的证言、侵华日本老兵的证言、"国际战犯女性法庭"六次开庭资料,过滤出其中提到的所有日军犯罪地点,把全世界3000个以上的点一一标注在地图上。

如今,这张由日本女性制成的巨大地图,静静地悬挂在八路军太行纪念馆的展厅中,令人们停下脚步仰视。它已成为了历史的一部分。

在她们的努力下，16位向日本政府提起诉讼的中国受害妇女的受害和斗争事迹，终于在她们的故乡展出。

开幕这天，满面皱纹的幸存者本人还有后代站在照片前，潸然泪下。

这一展览从2009年11月到2010年11月，展出为期一年。所有的展览经费由日本民间组织向东京市民募捐所得。

"虽然决定要开展，但当时的我们是一分钱都没有了，就决定向市民募捐。没有哪个人是可以'啪'一下拿出一大笔钱的富豪，钱都是一点一点堆积起来的。最初我们估计，300万日元就是极限了，要谢天谢地了，出乎意料，最后我们募捐到了400万日元！"池田与石田两位女士笑着说。

目前，她们还在用有限的经费，给患病的大娘资助医疗费。"但并不是随便就给钱，是按半年为单位列好预算，并且要看过大娘真实的病历，才能确定支出。"

池田惠理子女士说："我们觉得，如果在很多人来访的博物馆里展出，能够让'大娘'们的中国同胞加深对她们的斗争的埋解和敬佩，对下一代的历史教育起到作用。"

但她们自己的环境却不尽如人意。放映历史纪录片、举办反战展览时，常受到右翼势力的冲击，甚至曾经失火。石田米子、池田惠理子等主要组织者常接到威胁电话，父母家也接过骚扰电话。

调查南京大屠杀20多年的日中和平研究会代表松冈环女士，据说在地铁站台排队等车时，长年都注意不站在第一个，以免发生"意外"。在交流中提到这件事时，中方许多人都当作一件"轶事"。

但池田惠理子马上举手严肃地说："这已经是我们的常识了。另外,我们上下公共楼梯时,也需要注意一下前后。"

参加的志愿者之中,有人原本从事保险事业,因为工作之余不停地往返中国—日本,损害了身体健康,不得已辞职,失去了固定收入,现在仍义务来到中国。有人曾为调查专门来山西留学了两年半,如今一口流利的中文,甚至能听懂、翻译盂县方言。

而石田米子女士的先生从20多年前起,一直因病在家疗养,需要人照顾。

这次,研究现代印度史的丈夫对她说了四个字:"你就去吧!"于是,她再次踏上了飞往中国的航班。

但当我对石田女士说"很感谢你们"时,她忽然说:"请不要道谢。被中国人道谢,作为日本人,我们会觉得很为难。"

石田米子解释了她的婉拒:"因为我们做的一切不单是为了中国人,也是为了日本人。日本国内有人说我们'卖国',但其实我们不是在'讨好'中国。战时的日本人在国外做了极其野蛮的罪行,但回到国内依然做'好爸爸''好儿子''好丈夫'。我们是想提醒自己,让这样的事不再重演。"

与石田米子、万爱花漫步在同一片展览厅里的中国社会科学院近代史研究所所长步平,也遇到过类似的事。

他碰到很多年轻朋友对日本友人说:"我觉得很感动,你们也是站在反日的立场上。"日本朋友就无奈地跟他们说:"我们不是为了反日。之所以追究战争中日本士兵的责任,不是反对日本,而是爱日本。因为我们认为,战后的日本只有承担起历史责任,才能更得到国际社会的承认。"

"历史学家的工作是把过去的历史搞清楚，可是搞清楚又做什么用呢？这是我们一直在思考的问题。现在我们身边几乎很少有参加过战争记忆的人了，那么，学历史难道就是把记忆停留在记忆战争的残酷上吗？"步平说。

"我想，这个展览很具有代表性。是中日民众共同站在反对侵略战争的立场上，祈愿未来的和平。目前两国人民还存在相互理解的问题，展览向我们提出了深层问题：如何从心理上、沟通上，更进一步相互理解。"

"这么多年来的寻访、研究，我获得的不是某个特定的结论，而是认识那段历史的方式，那就是必须由自己独立来思考，然后向前走。"石田米子说。

她说，如今参加志愿者活动、主动了解那段历史的日本年轻人并不很多。"我们通常每两三个月会组织一次100来人参与的兴趣活动，其中如果有10个二十几岁的年轻人，就很不错了，全场都会睁大眼睛稀罕地盯着他们！"

在山西留学的日本大学生参观完展览后说："看完后非常震撼，我就是希望来到第一线，用自己的眼睛认识历史。"有人写下留言："看到展览又震惊又感动，向被害者大娘们表示敬意！""万爱花大娘，我会永远支持你们。""60年前的罪恶，大娘们现在依然在痛苦中生存。看了觉得很心痛，大娘们请继续活下来！"

在这十几年中，石田米子她们每年要去孟县西部农村两次以上，倾听受害妇女的诉说，也加深和亲族的交流，"和她们分享活下去的力量"。

"每个人的一生中可能都会有一些非常痛苦、难以启齿的伤痕，她们慢慢说出来的过程，也是渐渐找回自信的过程，慢慢可以抬头挺胸，能够回头整理好自己的人生。告诉我这一点的，是山西的大娘们。"第十几次来山西的石田米子摘下了防风沙的口罩，把手放在胸口说。

"不是单方面的我们帮助她们，我们双方是互相影响、互相改变认识的。大娘在变，我也在变。这样的过程，我们一直陪伴在彼此的身边，我很想对她们说声：谢谢。"

二、"我爱过,义愤过,战斗过"

有多少中国人知道,在"二战"期间中国慰安妇受害者不断败诉的日本东京,有一座为她们建的纪念馆?它叫作"女性战争与和平资料馆",英文简称"WAM"。

更鲜为人知的是,这座纪念馆是一位女性,耗尽了她生命的最后两个月换来的。我到访了这座纪念馆,才开始了解它的创始人——已故的松井耶依女士。

年轻时的松井耶依。日本女性战争与和平资料馆供图。

三个残忍的真实故事

1934年4月12日清晨,卢沟桥事变的前三年,平山家的长女、平山耶依出生在日本京都岩仓的一个普通家庭。她出生时,小院子里一树樱花正盛开。

"兄弟姐妹六人,虽然贫穷,却是温馨的家庭。"她在病床上写就的自传里如此回忆。

她出生不久后,举家迁往东京。她进入赤坂的冰川小学那一年,正是日本发动珍珠港事件的1941年。日本军国主义政府的全国总动员体制色彩浓烈,小学都改名为"国民学校",学校盛行军事化体罚,年仅7岁的小耶依也曾因为军国主义教育写过作文:"为了日本永远不打败仗,我要努力学习……"

她的父亲平山照次是一名反战的基督教牧师。1944年,因为东京空袭的危险,他一个人留在东京,把家人都疏散到了栃木县矢板的基督教会。

耶依女士回忆,受军国主义影响,当时日本的普通基督教徒也被叫做"非公民""间谍",一家人饱受村民白眼。平山家的玄关前被人涂上"间谍"的大字,日本特务警察也时常来教会监视。

疏散来的外地人,一般分不到村里定量配给的粮食。她的母亲平山秋子只好拿孩子的衣服换粮食,换来的也是最难以下咽的。秋子不得不种了一小块地,孩子们也得拼命去采野菜野草。小耶依还要被迫给军用机场建设工地搬重重的石头,稍有懈怠就会被痛骂、嘲笑。她的脚趾被扎伤感染,动了手术,一条腿有点瘸,就被同学们欺负。

这时，他们借住的教会堂还突然被地方的"守备队"（地方武装）占领了，变成了20多名士兵的宿舍。小耶依每天耳闻目睹的，都是老兵虐待新兵的残暴行径。"我这么个小孩子，心里逐渐对军队充满了恐惧和厌恶。"

在"二战"最后一年，1945年3月，这个家庭的顶梁柱——平山照次突然接到征兵命令，没有来得及见家人一面，就被紧急征召，从九州的久留米港口出发到中国华北从军。他无论如何不想杀人，就填写了身体健康不良，从而进了"情报班"。

当时日军规定大学毕业生可以不报志愿，直接成为侵华日军的将校，而平山照次没有这么做，只是当了一名普通二等兵。因为大学学历和基督教背景，他被当作"异端分子"，经常在部队里被打得死去活来。

1949年8月15日，日本无条件投降。小耶依和妹妹们在走廊里抱在一起，又笑又叫："战争结束啦！"她回忆说，不可思议的是，她们完全没有日本战败的痛苦，只觉得"终于自由啦！终于可以回东京啦！"

等她上中学时，新式中学的入学面试问题都变成了："说说什么是民主主义？"松井耶依在回忆录里评价："那个时代，民众开始意识到，是天皇、军队独裁式地发动了战争，民主主义也开始流行。"

随着日本投降，平山照次也回国了。那一年的除夕夜，他第一次开口告诉家里人侵华日军的非人经历。

那时还是小学生的松井耶依，反复听过三个残忍的真实故事。

第一个是"军靴"的故事。

平山照次的一个上级军官，毫无人性地杀害了中国人后，经常切下一小块人肉，晒干了塞在军靴里。有一次，这个"军靴"将校差点儿把他打死。

第二个是"桶"的故事。

平山照次的部队曾驻扎在河北保定，时常要向中国小商贩买东西。有日本兵一旦看哪个商贩不顺眼，就会叫他"拿个桶来"。中国小贩拿着桶过来，日本兵就突然砍下他的头。

第三个是"防空壕"的故事。

平山照次知道，有别的侵华部队到了一处地方，以"作战需要"为由，烧光那里的房子，驱赶几百个中国村民去"挖防空壕"。一旦壕沟挖好了，他们就把村民都赶下去，放水活活淹死……"他们完全不把中国人当人，随便杀人也不当一回事。那是惨无人道的侵略战争。"

而平山照次则把驻扎地旁边的中国人"当人看"，还学会了说点中文。他认识的一个女村民生了个儿子。平山和这家人熟络了起来，还给这娃娃起名叫"光华"。

战争一结束，他马上就地退役，进了当地的基督教会，最早回到了日本。直到几十年后，老人还会喃喃自语："不知道光华现在怎么样了呢……"

父亲告诉松井耶依："无论怎么道歉，也不够。要向中国的人们赎罪，才是作为人的处世之道。"

这样长大的耶依，考上了东京外国语大学英语专业。她到美国、法国各留学过一年，一个人到美国南部旅行时遭受过种族歧视，"对美式民主的现实情况也感到失望"。从法国回日本时，她坐了一个多月的船，经停了亚洲多国的港口，"发现亚洲各国惨遭西欧殖民统治掠夺，老百姓也对日本的侵略充满愤怒"。这让年轻的女大学生大受冲击。

毕业后，她成了日本最大的报社之一《朝日新闻》的记者。在当时男女平等不足的日本社会下，她是该报社第一名、也是当时唯一一名的女性记者。她父亲作为老兵的战争证言，也终于在《朝日新闻》上公开发表。

判决日本天皇"有罪"的"奇迹法庭"

1980年代，松井耶依成为了驻新加坡的《朝日新闻》特派记者，她采访了滞留在泰国的韩国"挺身队"受害者卢寿福、滞留在冲绳的受害者裴奉奇。"挺身队"就是"二战"期间日军从韩国强征女性为随军性奴隶的特定称谓。

1988年，韩国梨花女子大学教授尹贞玉第一次来日调查"慰安妇"问题。松井耶依给她看了这篇报道，尹贞玉马上决定飞往泰国，去寻找卢寿福。

20世纪90年代初，尹贞玉在韩国报纸上发表了对卢寿福等受害者的调查报告，成为了韩国民众、尤其是女性社会组织关注战后"慰安妇"问题的一个突破口。

但当时的日本政府高官已经开始否认"慰安妇"问题的政府责任，由此，尹贞玉等韩国学者成立了民间团体"韩国'挺身'队问题对策协议会"。在她们的支持下，1991年，金学顺——韩国的"挺身队"受害者第一次站了出来，公开作证。

1993年，年届退休的耶依参与越来越多的国际女性NGO活动，也见到了各国的战争性暴力受害者。她也认识了更多的朋友，比如菲律宾民间团体"亚洲女性人权中心"的负责人英黛·萨赫尔。1997年2月，英黛·萨赫尔向耶依提出，希望在东京开一次"战争及对女性的暴力"国际会议，希望在会上能够让斯里兰卡的女律师拉迪加·科马拉斯瓦米发言。这名女律师是联合国人权委员会任命的调查员，写出了好几份有分量的战争性暴力调研报告。

为什么要在东京开？

根据松井耶依的回忆录，英黛·萨赫尔有两个理由："一，日本是战争性暴力最大的加害国之一，在东京开会，能给日本政府施加国际压力；二，日本有许多女性民间团体，致力于让日本肩负起战争责任，对其他各国来说具有很高的参考价值。"

于是，松井耶依以当时刚成立的民间研究机构"亚洲女性资料中心"的原班人马，承担了"东道主"的会务工作。

1993年10月，来自40多个国家的女性活动家齐聚东京，达成了共识：为了不让战争中的性暴力犯罪重演，必须斩断"战后不追责、不处罚"的恶性循环。会上，澳大利亚的国际法学家乌斯提尼亚·多戈普尔发表论文质问："为何东京审判没有裁决'慰安妇'问题？"

以此为契机，这些女士结成了网络联盟"VAWW-NET"（全称"Violence Against Women in War-Net Work"）。

新年过后的1998年，松井耶依成立了"VAWW-NET日本"，提出必须解决日军所谓"慰安妇"问题的战后赔偿。她在回忆录里对这个问题有深刻的分析，笔者翻译后实录如下：

在联合国人权委员会，法国法学家路易·乔阿尼提出，战争犯罪及其他侵害人权的重大犯罪，必须做到三点：

一，被害者有知情权，必须毫无隐瞒地披露真相。二，被害者有受补偿的权利，必须对被害者提供包含经济赔偿的各方面救济帮扶措施。三，被害者有重新得到正义的权利，必须起诉、惩罚加害者。荷兰著名法学家提奥·范·波本教授也对联合国人权委员会指出，不处罚重大人权侵害的责任人，会妨害对受害者的补偿。

国际学界已有这样的共识，但日本的现实又是如何呢？第一，大家围绕着"慰安妇"问题进行了不少调查，"知情权"有了进展。第二，受害者也提起过诉讼，即便败诉，也明确了受偿权。但是谁也不敢碰第三点——处罚。

在我看来，战后日本对战争犯罪的追责形同虚设。我为什么这么说？因为在东京审判里，战争的最高责任人裕仁天皇没有被审判。但在德国，战后有6000多名战犯被判刑。即使90多岁的老人被发现是纳粹战犯，也会被追责判刑。但日本却把甲级战犯放在靖国神社祭祀，还有甲级战犯当上了首相（此处指岸信介——笔者注），还给战犯在内的侵华日军遗属巨额补偿。而日本市民团体这一边，也觉得本来开展活动都不容易了，更不可能考虑对裕仁天皇进行战争追责。

因此，我认为战后追责是最重要的战后遗留问题。1997年去世的韩国前"慰安妇"受害者姜德景大姐曾画过日本兵被绑在柱子上处死的一幅画，她把这幅画作为自己的遗言，取名叫《一定要处罚加害者》。这是受害女性们共同的祈愿，作为加害国的一名女性，我不能对此置之不理。

1995年，松井耶依如此写下。

话虽如此，但战后诉讼无一例外地在日本败诉。如何才能对发动战争者追责？

松井耶依苦思冥想，终于一天晚上，灵感造访："能不能像罗素法庭那样，对'慰安妇'制度也来一次民间法庭裁判？"

"罗素法庭"是什么？

它于1966年11月由英国哲学家罗素组建，并由法国哲学家、剧作家萨特主持，也叫"国际战争罪法庭"或"罗素-萨特法庭"。它是在道义上和国际法层面上对越战的美军暴行作出审判的公众机构。

1967年，罗素法庭在瑞典的斯德哥尔摩、丹麦的哥本哈根两次开庭。法庭委员会由25名来自左翼和平组织的著名人物组成。30余人向法庭作证，其中有来自美国和越南各派别的军方人员。但它在美国遭遇了忽视，被认为是无效的、有偏见的作秀。

松井耶依的想法，得到了日本市民团体、联合国人权委员会的NGO论坛的赞同和支持。1998年12月，她们在东京召开了第一次筹备会。

根据松井耶依的回忆录，这种民间法庭有两种方式：一种是参照南非的"真相和解委员会"，将重点放在彻查战争罪行，如果有加害者出面自首，就可以免罪；另一种就是正常的刑事审判，要给被告人定罪。最终，筹备者们尊重受害者们的意见，准备尽可能采用类似正常刑事审判的形式。

1999年2月,"女性国际战犯法庭"的国际组委会在首尔成立。松井耶依、尹贞玉、英黛·萨赫尔组成了组委会的共同代表。

此时距离法庭开庭还有22个月。

要进行刑事审判,"女性国际战犯法庭"就要有相应的宪章(英文charter,可指国际组织的基本文件,具有国际条约的性质)。韩国、日本的学者都紧锣密鼓地开始讨论宪章草案、起诉书、选任公诉人……

但第一次挫折很快出现,就在他们内部。

1999年10月,在东京的又一次筹备会上,韩国、日本的学者发生了争执。日本学者认为必须要有宪章,韩国学者则认为:"这只是一次NGO召开的民间道义法庭,没必要弄得和正式的判决一样。不用写宪章,只需要有一个共同决议就行了。"

第二次反对声音出现在一个月后。1999年11月在华盛顿召开的国际咨询顾问委员会上,西方学者的话让松井耶依大受打击。

连主张追责的乌斯提尼亚·多戈普尔也说:"你最好把'问责大皇'拿掉。这个会议的目的毕竟是追究'慰安妇'这一战争性暴力犯罪,把天皇发动战争的责任也加进去的话,主题就模糊了。而且现在找相关的证据资料也很难。"

但这时候,尹贞玉站出来坚持:"如果不能审判天皇的战争责任,这个道义法庭就毫无意义了!"

最后,多戈普尔和松井耶依开始带头,持续围绕"是否能对天皇做有罪判决"进行相关调查研究和取证。松井耶依压力很大,"没法形容那种巨大的压力,好像把整条命都献给它了"。

尽管如此，在2000年1月，惊喜在等待着持续失眠的松井耶依。"决定性的帮助"来自纽约大学的国际法教授罗丹·卡普隆。她被英黛·萨赫尔的劝说所感动，答应成为法律顾问。

几天后，她又介绍了更关键性的一个人物：前南斯拉夫国际战犯刑事法庭庭长布里埃尔·卡克·麦克唐纳。（1993年5月25日，安理会通过第827号决议设立了起诉应对1991年以来在前南斯拉夫境内所犯严重违反国际人道主义法行为负责者的国际法庭，简称"前南刑庭"。前南刑庭于1994年在荷兰海牙正式成立。——笔者注）

麦克唐纳欣然应允，成为了"女性国际战犯法庭"的审判长。此外，法律顾问还有专门研究东京审判、以女性为对象的战争犯罪的美国法学家凯莉·阿斯金。

由此，2000年1月的国际咨询顾问委员会"阵容"空前强大。

1999年3月，松井耶依等学者们来到了上海。国内长期研究"慰安妇"的苏智良老师出席了研讨会，众多受害者老大娘也到现场，公开作证，可以说具有里程碑的意义。更出人意料的是，朝鲜的"慰安妇"受害者也到了上海会议的现场。这里需要指出的是，我国学者更是长期对"慰安妇"历史问题调查研究作出了艰苦卓绝的努力，苏智良、陈丽菲老师等前辈教授取得了诸多历史性、突破性成果，为抢救、记录这段历史做出了无可替代的贡献，在此致以最崇高的敬意。

下一个则是姗姗来迟的印度尼西亚。5月中旬，松井耶依又和菲律宾的志愿者们一起飞到雅加达，和印度尼西亚的女性团体一起商议，终于确定下了印度尼西亚的代表团人选和起诉书。

2000年7月,"黑白配"的首席公诉人确定了。

一人是白人女性、澳大利亚的国际法学者乌斯提尼亚·多戈普尔。另一人是黑人女性、前南斯拉夫国际战犯法庭、卢旺达问题国际刑事法庭的时任法律顾问,帕特里西娅·毕沙·塞拉兹。

一开始,松井耶依非常震惊:"有公职的人也愿意来参加这样的民间活动?!"但塞拉兹在第一次参加研讨会时,就坚定地说:"我的祖先就曾经是黑奴,和性奴隶制度斗争是我一生的课题。"

多戈普尔负责起诉战争性犯罪中的个人刑事责任,塞拉兹负责起诉国家责任。这时,法律顾问罗丹·卡普隆也找齐了五名国际法方面有深厚研究背景的法官:国际女性法律家联盟会长卡门·阿尔吉贝,英国伦敦大学国际法教授克里斯汀·钦肯,肯尼亚人权委员会委员长、肯尼亚大学教授威利·芒廷加,联合国人权公约委员会副议长、印度前最高法官 P.N. Bhagwati,审判长仍是麦克唐纳。

与此同时,日本的志愿者们一直在奋力进行"万人募捐",希望每个人能捐助 2000 日元。最终,他们募捐到了 4000 万日元。

日本公诉团的团长,正是胖胖的女律师川口和子(她 20 多年来坚持去山西看望中国"二战"日军性暴力受害者们,并协助中国的老大娘在日本起诉,已因病去世。——笔者注)。

一年多来,她们不仅要做大量史料、健在证人的调查取证,各国志愿者来东京开筹备会时,这些日本律师、学者还要亲自卷起袖子做便当。

松井耶依回忆,川口和子开玩笑说:"我就是被松井老师'抓捕'了,'强掳'了,还'强制劳动'啦!"(她的日语用词都是侵华日

军犯下的罪行的专用动词。——笔者注）

2000年12月8日,"审判日军性奴隶制度的女性国际战犯法庭"在日本东京的九段会馆开庭。听众多达1000多人,其中,来自30个国家的听众有400多人,日本国内有600多人。

直到开庭前,组委会为了防备日本右翼来"砸场子",都没有对外公布会场,只有申请的听众知道地点。

约有200名志愿者聚集而来,仅有33平方米的"VAWW-NET日本"的小事务所都被挤爆了,有时只能所有人站着吃饭。松井耶依回忆:"谁都没办过这么大的国际会议,准备很不充分,预定的旅馆不够住,混乱不断产生……"

"说实话,从法庭最初准备到最终召开,连支援研究'慰安妇'问题的日本人都不理解,甚至反对我们,我真是有一肚子苦水。"松井耶依在回忆录里坦承,"但是,在法庭开始的时候,我所有的苦水都消失了。镁光灯照亮了台上的法庭LOGO,还有过世'慰安妇'受害者们的一幅幅遗像,来自各国的一位位幸存老人庄严地缓步走上台……看到这幅场景,我被感动得什么都说不出来。"

主办方统计数字:中国大陆代表团成员28人,中国台湾63人,韩国220人,朝鲜11人,菲律宾42人,印度尼西亚16人,东帝汶6人,荷兰3人,马来西亚7人。受害幸存者共64名,其中中国大陆6名,均在会场前排就座。

头三天是宣读起诉状、受害者书面证词、出示物证、专家证词。会场二楼正中,坐着世界各地的300多名媒体记者、摄影师,其中日本媒体仅占三分之一。

两名女公诉人宣读了总起诉状，以昭和裕仁天皇为首的 10 名日本军国主义政权高官作为被告人。各国公诉团也都宣读了本国原告受害者的名字，起诉所对应的日军加害部队及其上级指挥官。朝鲜、韩国组成共同公诉团，现场宣读了共同起诉状。

法庭的目的是：第一，在道义上完成战后远东军事法庭所未完成的使命，即受理日军在亚洲各国实施军队性奴隶制度的各类起诉，明确日本政府及其军队在这一问题上的责任。第二，依照战时国际法，在道义上判断日本性奴隶制度是否犯有战争罪、反人道罪。第三，明确对于国际社会十分关注的"慰安妇"问题，敦促日本政府承认这一战争罪行，向受害国和地区进行正式谢罪，并尽快对死难者和幸存者进行谢罪和赔偿。第四，创立反对在战争中对女性实施暴力的国际运动。第五，终结过去战时对女性暴力不受处罚的历史，并防止此类犯罪的再发生。

开庭的第三天，是两名侵华日军老兵自愿出庭作证。当他们自白时，全场一片死寂。

让我们记住这两个曾满身罪恶却又敢于站出来自白忏悔、和日本右翼作斗争的名字：铃木良雄、金子安次。

铃木良雄生于 1920 年，曾任侵华日军第 12 军第 59 师团 110 大队步兵炮中队曹长，日本埼玉县行田市人。

当兵之前，他在大米加工厂上班，已经订了婚。他随军侵华后，一开始，他和恋人经常通信，"虽然几乎所有士兵都会去慰安所，但我想起恋人，就暗下决心，绝对不去慰安所。"

但到了 1944 年，战争摧垮了铃木良雄的人性："反正是要战死的,那就玩玩女人再死吧。我开始经常去慰安所。有一个朝鲜'慰安妇',人人叫她みさお(音 misao),曾经哭着跟我说,她是被人以招募护士的名义骗来的。"

战后,他作为日军战俘在抚顺战犯管理所服刑,梅毒病日益严重。但中国医生精心治疗,给了他第二次生命。1956年他被释放回日本后,参与组建了"中国归还者联络会",进行作证等反正和平活动。

铃木良雄忏悔,在扫荡战中,强奸是日军少不了的行为。他也曾经强奸过一名30岁左右的中国农村妇女。他说:"我之所以坦白、反省自己在战地犯下的罪行,是因为中国的战犯管理所把我当成一个人来尊重,人道地对待我。强奸这类罪行,尽管无人知晓,我也可以隐瞒过去,但受不了良心的苛责。"

他20岁当兵,回到日本时已经36岁了,未婚妻整整等了他16年。回到日本后,他们马上结婚了。经过酝酿,铃木良雄还是把战场上的罪行向妻子坦白了。妻子一开始无法接受,说:"你还不如一直瞒着我呢!"但最终,她理解了忏悔的丈夫,并一直支持他的反战活动。铃木良雄曾四次访问中国,并受到廖承志同志的亲切会见。

金子安次生于1920年,曾任侵华日军第53旅团44大队机关枪中队伍长。他来自日本千叶县,应征入伍前在东京的一家普通铁匠铺当学徒。

他作证,1942年,他所属的部队从山东聊城的东昌(注:约等于现山东省聊城市东昌府区)开拔到阳谷县。金子安次本人的任务就是担任三个随军"巡回慰安妇"的警戒,她们均来自朝鲜。

1943年,金子安次等6名日本兵在村里抓到了一名20岁出头的中国女人。这群丧失人性的日本兵用抓阄的方法来决定轮奸的顺序。"虽然陆军刑法禁止强奸,但对长官而言,部下犯了强奸罪就说明军官管教无能,所以军官都视而不见。"

1944年,金子安次成了入伍三年的老兵,"强奸就成了理所当然的事情"。"扫荡的时候,中队长他们的目标是夺取敌人的武器,日军士兵的目标则是女人。一等兵的薪水是8.8日元,逛一趟慰安所就要花1.5日元,但是强奸却不用花一分钱。"

他同样是从抚顺战犯管理所被释放回国,"花了三年时间才提笔开始写供述,花了六年才写完"。"尽管回到日本后,我被看作'在中国被洗脑的战犯',遭到了歧视,吃了不少苦头,但中国把我们当作人来对待,这种感激之情至今不变。"

结婚不久后,金子安次就向妻子坦白了战争罪行。"她很有些受不了,但她无言地为了我的中国谢罪之行筹集费用,并让我作为一种赎罪去照顾中国来的留学生。在妻子面前,我是永远抬不起头的。持续告诉社会我们的加害证言,对我而言,这是对遇难死者的一种供养。只要还有一口气,我就不会停止作证。"他于2010年去世。

"东京女性国际战犯法庭"的第四天,来自中国等八个国家的64名高龄受害者亲自出场作证。来自中国的受害者原告有万爱花、袁竹林、杨明贞、何君子、郭喜翠、李秀梅。

中国"慰安妇"受害者第一人万爱花大娘出庭,勇敢地讲述了自己的惨剧。她的经历,后面有专门章节讲述。她在讲台讲了四五分钟后,双手还举着,忽然倒了下去。

"我当时就在台下,众多国际代表都非常吃惊,赶紧跑过去看。曾被日军施暴的中国女性所受伤害有多深,迄今都铭刻在我心中。"旅日华侨中日交流促进会秘书长林伯耀说。

很多摄像机都捕捉到了这一瞬间,第二天,不少报纸刊登了这一画面。

生于1931年2月9日的南京大屠杀及日军性暴力受害者杨明贞大娘也出庭作证,回忆当年,不禁失声痛哭:

"1937年12月13日,日军攻入南京城。当天中午,五六个日本兵端着刺刀冲进我家住的院子,连开几枪,打死了看门的老头浦狗子,接着又一枪打死了房东老太太。我父亲躲在屋里不敢出去,但还是被冲进来的日本兵打了一枪,左臂受伤,子弹留在手臂里。"

"12月14日下午,一个骑马的大胡子日本兵带着枪,手握军刀,闯进了我家。他一进门就把我抱住,解开了我的棉袍扣子,扯掉了我的裤子。当时,我吓得又哭又叫,日本兵叫喊着对我的额头连砍了两刀。这时我父亲冲上来救我,日本兵对准我父亲的脖子连砍3刀,不久父亲就死了。12月15日下午一点,又有两个端着刺刀的日本兵冲进我家,强行脱下我母亲的裤子把她糟蹋了。之后,又一个日本兵过来强行解开我的棉袍,把我强奸了。那年,我才7岁。"

此后,杨明贞的母亲因受到严重的刺激和惊吓,得了精神病,眼睛也哭瞎了,不久便离开了人世。年幼的杨明贞成了孤儿,无依无靠,到处流浪,终生小便失禁,常常处在精神恐惧之中。

12月8日,就是日本友人芹泽明男、山内小夜子搀扶这位老人走向"东京女性国际战犯法庭"的。

这是中国女性在沉默近半个世纪后首次站出来,说出了"一生最痛苦的回忆",作证"二战"期间侵华日军的性暴力罪行。那次行程,万爱花等大娘还去了日本多个城市演讲,作为历史的证人,给日本年轻一代讲述中国女性受害者最难讲出的回忆。

出庭作证的还有第一位公开控诉日军性暴力罪行的台湾受害幸存者黄阿桃,她生于1923年,是台湾中坜的客家人。

"我小时候因为家里穷,没法上学念书,都是在家煮饭,帮助照顾弟妹。父亲管我们很严,不敢谈恋爱,所以我20岁时还未婚。1942年的一天,我朋友看到一张到南洋做看护妇的布告,就找我一起去报名。一对日本男女带我们从高雄出发,坐船到了印度尼西亚。到了当地,我们才知道要做'慰安妇',很愤怒地去找向导吵架,却没办法回家了……"

黄阿桃说,她第一次被日本兵"欺负"时,流血了,她伤心地留下了那块布。每天被迫"接客"20多个军人,白天是士兵,晚上是军官。有一次她想逃走,又被宪兵抓回营区。因为这段经历,她得过疟疾,右眼被炸弹碎片打瞎,腹部受伤子宫被拿掉。三年后,她才回到台湾。

作证的还有一名荷兰老妇人——雅恩·鲁普·沃海勒耐。

1923年,她出生于荷兰的殖民地——印度尼西亚的爪哇岛。她父亲是当地普兰塔寻农场的一名技术人员。现在看她年轻时的照片,异常美丽,但日军入侵爪哇,1942年3月,她和母亲均被强行抓到了安巴拉瓦的强制收容所。三年半后,她又于1944年被抓到军队"慰安妇"收容所。

少女雅恩以为，如果自己看起来很丑，男人就不会感兴趣，所以她把满头秀发都剃光了。但没想到，这反而让她成了日本兵"猎奇"的对象，惨遭蹂躏。三个半月后，少女的身心完全崩溃，被转移到了普通收容所。这里还有同样遭遇的100多名荷兰女性。直到日本战败后，她才得以离开收容所。

战后，她在收容所遇见了丈夫鲁普，他是驻扎当地的英国军人，执行保护收容所免遭袭击的任务。后来他们一直在英国生活，1960年移民澳大利亚。

后来，2007年，美国议会举行了有史以来第一次"日军慰安妇听证会"。沃海勒耐与两名韩国受害者一同出席，并提供证言。

沃海勒耐不断参加在世界各地举行的"慰安妇"相关活动，为此贡献余生。当日本政府推出赔偿金性质的"亚洲女性基金"时，她断然拒绝："我们想要的不是'慈善'，而是'恢复人类的尊严'。访问日本的时候，我曾受到巨大冲击，因为这一代的日本高中生完全不知道日本帝国主义的残忍暴行。日本政府应该严肃道歉，并告诉正在成长的下一代真实的历史。"

会场外，日本右翼分子也赶到了。他们疯狂叫嚣："慰安妇是妓女！""停止反日集会！""松井滚出来！"但在民间团体的事先报备和准备下，右翼分子未能冲进会场，法庭依然得以在肃静中进行审判。

除了欧美学者，还有三名日本学者专家也勇敢站了出来。他们以史料为证据，分析"二战"日军的组织架构，指出"慰安所"制度设置的最高责任人正是战争的最高指挥者昭和裕仁天皇。

让我们记住这三名专家的名字：日本明治大学文学部教授山田朗、关东学院大学经济学部教授林博史、中央大学商学部教授吉见义明。

日本众议院前议长、社民党党首土井多贺子也赶来看望各国受害妇女，并发表讲话，呼吁法庭秉持正义，严厉追究日本战争罪行，还受害者以公道和尊严。

2000年12月12日，这个民间法庭转移到了座位更多的日本青年馆。上午，四名主审法官朗读判决书就花了两个来小时。

根据海牙条约的"禁止伤害个人及家属尊严，禁止奴隶制度"和纽伦堡法庭审判的原则，这一民间法庭的道义判决中，最重要的一点就是："性奴隶制是反人权的罪行，对此，日本军国主义政府及裕仁天皇有罪！"

那一刻，全场沸腾了。雷鸣般的掌声、欢呼声、笑声、哭声，经久不息。

第二条重要的判决是："由于这一国际性的战争罪行，日本国家、政府负有战时责任和战后赔偿责任！督促日本政府向各国受害妇女谢罪赔偿！"

松井耶依感慨："那真是奇迹一般的法庭！"虽然它是不具有法律效力的民间法庭，但众多"慰安妇"史实得以公开展示，众多受害老妇人登台痛斥日本军国主义罪行。

判决后，受害的老大娘们登台与担任法官、公诉人的法律学者们握手、相拥，不少人潸然泪下。前南斯拉夫国际战犯法庭、卢旺达问题国际刑事法庭的时任法律顾问塞拉兹女士也说:"这是我人生中最棒的经历!"

首席法官麦克唐纳接受各国记者采访时说:"从来自中国内地、中国台湾,以及朝鲜、韩国、菲律宾、印度尼西亚、马来西亚、东帝汶等地受害者的法庭作证,以及法庭充分的调查说明,日本在"二战"中强制征招大量妇女充当日军'慰安妇'的事实,以及日军大规模的性暴力行为,是人类历史上最为罕见的对女性人格尊严努力摧残的行为,本法庭必将进行严厉的追究。今天的国际社会不应无视受害者的声音,要还之以正义,让受害者度过幸福的后半生。"

中国、韩国、菲律宾报纸及西方的美国CNN、英国BBC、德国公共电视台也都报道了"天皇有罪判决"。

但日本媒体的反应却颇为沉默。日本的偏右大报《读卖新闻》压根未报道此事。

当时,日本电视台NHK也来法庭摄制,松井耶依他们也提供了协助。但2001年1月30日,NHK播出节目《追问战争性暴力》时,这一活动的正式名称、加害者老兵的证言、"被告"是谁、"判决"结果都被删去,甚至都没有出现"日军""性奴隶制""处罚"这些基本词汇。另一面,节目的主持人强调"这是民间法庭,没有法律约束力",同时还采访了一名学者表示:"'慰安妇'就是妓女,'慰安妇'的证词,说不好有几分可信。"节目违反平衡原则,松井耶依等活动组织者并没有发言机会。

松井耶依回忆:"这名接受采访的学者似乎只在判决当天到过活动现场,跟我说:'东京审判已审过的事项,根据一事不再理原则,不应该再次受审。'但是东京裁判实际并没有就性奴隶制进行审判，因此并不符合一事不再理原则。"

后来她才知道，NHK 电视台也受到了来自日本右翼组织的很大压力。

"右翼组织很早就知道了这个节目要播出，再三要求 NHK '枪毙'这个节目。播出前三天，1 月 29 日，数十名右翼分子穿着'战斗服'，冲入 NHK 电视台，要求停止该节目。"

"虽然我很自信这一民间法庭可以在历史上留下一笔，但我并没希望 NHK 会对它加以赞赏，他们也有批评的自由。NHK 可以在展现活动真实情况的基础上批评，但是不报道活动的基本情况、只放映批评的声音，有损报道公正性。这会给观众传达错误信息，造成对我们的误解。"松井耶依写道。

"VAWW-NET 日本"立刻对 NHK 发出了质疑的公开信，但 NHK 回复："电视台有进行后期剪辑的权利。节目组确实受到了右翼的妨碍，但并未受此影响，依靠独立判断下完成了节目制作，也没有必要对节目制作的过程作出解释。"

2001 年 7 月 24 日，松井耶依在东京地方法院起诉 NHK，以名誉损害为由，要求赔偿。"这样的节目是侵害观众的知情权，也是对受害者们的侮辱！"

为了打破 NHK 的单方报道状况，池田惠理子带领志愿者制作了独立纪录片《打破沉默的历史——女性国际战犯法庭的记录》。

2001 年 3 月开始，她们带着纪录片，在日本各地召开放映会，纪录片光盘售出 1000 多份。在一些右翼漫画家的宣传下，不少年轻人认为战时受侵害的"慰安妇"就是随军妓女。作为大学客座讲师，松井耶依也把纪录片带到课堂上放映，不少大学生看了才知道："原来'慰安妇'问题的真相是这样啊！"

2001年12月4日，各国的法官终于征服了如山的史料，给出了完整的、近300页的判决书，其中明确记载"昭和天皇及其他9名日本军部、政府领导人有罪"。当受害的老大娘接过日本志愿者送来的厚厚判决书，那高兴、骄傲的表情无法形容。

判决中写明，该法庭为市民社会下的民间法庭，与以往的民间法庭相比有三点重要的不同：

一，它是在加害国召开的。"加害国的女性组织法庭召开，审判本国的战争犯罪，可以称之为范本。"

二，审判以性暴力为焦点，"前不见古人"。

三，并不像罗素法庭那样只有著名学者参与，而是由多个国家的草根女性民间团体合力召开的。

"到2002年，松井耶依一整个夏天都奔忙在过密的行程中，而需要她的人却越来越多。"朋友如此形容，然而留给松井耶依的时间已经不多了。

"最后两个月，全力疾走"

2002年3月，她们在上海给中国带来了第一次关于"慰安妇"问题的国际会议。那也是中国的"慰安妇"证人们第一次齐聚，公开作了证言。

2002年10月初，松井耶依第一次惊觉身体不听使唤。那时候，她68岁，正在阿富汗参与女权运动会议，紧急回国就医。医生告诉她，已经是胆囊癌的晚期了。

在保存下来的影像中，刚住院检查时，在病床上躺着的她还十分精神，似乎这只是一次大不了的短期住院。她对电视台的镜头侃侃而谈："正是希望年轻人能对目前的状况感到义愤……"

女性国际战犯法庭也持续遭到日本右翼的攻击。2002年11月4日，她在病中公开接受采访。摄影机镜头前，老太太擦了红唇膏、上了眼影，戴上眼镜，大红高领羊毛衫外套了一件深紫西装外套，发言反驳右翼，镇定自若。

采访一结束，她就躺在了沙发上，小声地说着："哎呀，真是任何时候都可能走啊。一天天胸口这里都更痛了，每天都在做着说再见的游戏，不知道还能撑多久啊。"

"说是还有半年吗？"旁边的朋友小心翼翼地问。

"我想可能不到半年了吧。"耶依老太太笑着回答，小女孩气地对着镜头胡乱招手。

也就是这时，松井耶依做出了人生最后的决定。

"在阿富汗倒下的时候，死亡的恐惧和绝望袭来了，但是我忽然想到了一个念头：把全部财产拿来建女性战争和平资料馆吧。想到这，我的心忽然镇定了下来。"

"WAM"，这是日本第一座收藏"二战"时日军性暴力证据的史料馆。

她用一封电子邮件向朋友们通知了病情，并谈到了建资料馆的想法。慰问卡从各地雪片般飞来，日本全国有460名同仁开始为

"WAM"的筹建奔走。人们的心为她的病情颤抖，也为史无前例的资料馆激动。

在那两个月里，"WAM"现任馆长池田惠理子一直陪伴着她。"晚期癌症的通知来得太突然，松井自己应该是比谁都更难接受的。但是她却没有恐惧，在这最后两个月里猛然加速起来。她之前的人生可以说是'全力疾走'，而最后也完全不变。"

她坚持在家里工作，床上堆满了史料和笔记，而她身着黑衣黑裤靠在床头，单腿蜷曲起来，全神贯注推敲着手里的书稿。

不豪华的松井家不停有客人来，人们挤坐在沙发上，周围堆满了一摞摞书籍。老太太总是起身，和朋友拥抱。

从事"二战"韩国慰安妇受害者维权运动的金允玉女士，代表受害者和维权运动同仁送来了感谢的奖杯。收到这个礼物时，耶依像个小女孩一样不停地抽着鼻子，擦着眼泪。"是我要感谢那些受害的勇敢的老太太们……"

也是在家里，耶依签下了遗嘱，把所有遗产捐给 WAM 纪念馆。那一刻，池田惠理子也在场。"她签下遗嘱时，那松了一口气的安心表情，我永远都忘不了。"

2002 年 12 月 10 日，松井耶依再次住院。池田惠理子赶到医院时，看到第一次显得太累了的她，脸色蜡黄，话都说不出来了。

病房外，她的弟妹告诉大家，耶依已经亲口和他们交代了后事该怎么办、墓地选在哪里等细节。她还亲手画出了自己的墓碑样子，铭文只简单地写了名字和"1934—"。那让人心惊的连接号后面，病人自己还不知道填什么数字。

病房内，她仍然没有停下手中的笔。她用略微颤抖的手拿出一叠手写的稿纸，依然努力告诉助手："这里和那里都还没确定标题，书名叫：《爱与怒·战斗的勇气》……"

"现在这个时代，特别是日本，人们把斗争视为异端。但是斗争最需要勇气。给了我勇气的，正是'慰安妇'群体、亚洲受虐待的人们，还有和她们一起奋战的同仁们。我注入全部的力气，从心底想呐喊：去爱吧！义愤起来吧！拿出勇气来战斗吧！"在书的结尾处，她这样写道。

2002年12月12日，是筹备中的"WAM"第一次召开记者见面会的日子。病床上的松井耶依，已经不能够出席。

这一天，医院迎来了一位特殊的客人。玛尔塔·贝拉老人，过去的日军"慰安妇"受害者，她曾在国际女性战犯法庭上出庭，作证了日军的暴行。

棕皮肤的贝拉老人把轮椅一直摇到耶依床前，惊喜之下，耶依精神大好，两个行动不便的女人都努力倾过身子去紧紧拥抱对方。

耶依笑开了，很优雅地一甩卷发，侧躺着说："谢谢！"而老人掏出手帕抹了眼泪，通过翻译说："不用谢……我一直为你祈祷，我回去也会继续祈祷的！"

2002年12月20日，病情恶化。病床上的耶依头痛得厉害，一直用冰块和厚厚的毛巾按在大半个脸上。摄像机对着她，她也没力气再睁开眼睛，只是挥挥手。床边放着几十张各地同仁寄来的贺卡，橙红、金黄的，都是让她振作的颜色。

"全球性社会，是要学习过去历史，再来构筑未来的。人与人之间的联系不能断裂,历史与未来更是如此,断裂了就没有意义。"这是辞世前五天,她在自传中写下的最后的话。

池田惠理子最后一次和耶依老太太的对话,是在圣诞夜的医院里。

人们轻手轻脚走到床前,她摘下了永远戴着的眼镜,看起来仿佛睡着了。池田惠理子上前轻轻呼唤:"耶依姐?耶依姐?睡着了吗……判决书已经送到了啊……这是慰问的礼物……"

当她把慰安妇受害者送的小熊放在枕头边后,病人微微动了动嘴唇说:"睡不着……"

"啊?我们都以为您睡着了啊。是难受吗?哪里痛?"

松井耶依翻了几下身,轻轻"嗯……"了一声,不再回答。

三天后,2002年12月27日凌晨1时16分,奔波了一生的女士离开了这个她奋斗过的世界。她在最后设立了"女性之战争与和平人权基金",也完成了自传。《朝日新闻》第二天刊登了她在病床上写的最后一篇文章——《让我们一起建设女性战争与和平资料馆》。

90多岁的母亲来到医院,揭开遗体上的白布,用苍老的双手拉着女儿的手,哽咽着说:"你真是太努力了啊。"呼吁了一辈子反战和平的老父亲,也对着女儿的遗像,颤巍巍地说了一声:"一直到最后你都在好好工作,对吧……"

2002年12月30日,近千名身着黑衣的朋友们来送别松井耶依女士。告别仪式入口处放上了新印制出来、白底红字的"WAM"传单。

在她沉睡的脸庞边，是一朵朵怒放的红玫瑰。她终生喜爱的花儿也刻在琦玉县的墓碑上，还有她对自己一生的总结："我爱过，义愤过，战斗过。"

在近1800名普通市民和松井基金的支持下，她所梦想的日本第一座收藏"二战"时日军性暴力证词的纪念馆"WAM"，于2005年8月在东京正式开馆。为此，有的人变卖了收藏品，有的人捐出了养老金。

馆里开设"慰安妇"历史的常设展览，也有相关史料、著作、影音资料阅览室，定期举行交流访问活动。

众所周知，战后回到日本的侵华日军，又变成了"好父亲""好丈夫"，愿意出来坦言自己罪恶的人是凤毛麟角。而就在WAM出版的杂志《证言与沉默——直面加害事实的日本老兵》中，图文并茂地记录了多达10名日本侵华老兵的珍贵证词。

池田惠理子她们编写了《供中学生阅读的"二战"性暴力历史》等推广画册、明信片等，用以维持运营，只接受民间捐款，不接受任何来自政府、国外团体的赞助。

而日本其他的博物馆又怎么样呢？

"二战"结束后，根据驻日盟军最高司令部的要求，日本各地都撤掉了为军国主义张目的"忠魂碑"，靖国神社里标榜战争光荣的"游就馆"也废止了。

但1951年9月8日，日本与美、英、法等48个战胜国（不含中华人民共和国）片面签订《旧金山对日和约》。这是身为战败国的日本确立战后再次崛起和确立国家走向的决定性合约。签订时，

WAM 的常设展览，中国"二战"日军性暴力受害者的公开作证第一人万爱花大娘也在其中。

身为主要战胜国之一的中国被排除在外,故我国政府自和约签订至今均未承认过《旧金山和约》。

此后,1952年,日本就举行了"全国阵亡者追悼仪式"并在1963年成为每年定例。整个50年代,广岛和平纪念资料馆、长崎原子弹爆炸资料馆相继建立,"原子弹爆炸受害国"的话语体系逐渐在日本蔓延。

20世纪60年代,靖国神社游就馆重新开张,各地的自卫队军事博物馆、慰灵碑也都冒了出来,"洗白"军国主义的倾向死灰复燃。

池田惠理子和同伴在《证言与沉默——直面加害事实的日本老兵》杂志中,不顾右翼分子的威胁恐吓,直言不讳地批判游就馆:"靖国神社美化战争中的牺牲,宣扬对天皇的忠诚,但是完全掩盖了士兵实际体验到的悲惨残酷的战争场面、和日本人口十倍以上的亚洲各国受害者的声音。把'二战'太平洋战场称为'自卫求生存的大东亚战争',是游就馆占地面积最大的主题。"

游就馆里展示着"二战"日军"特攻队"队员的大量遗书,都写着:"母亲大人,让我们在靖国神社再会吧!"还有其母为未婚的儿子"英灵"制作的新娘衣着人偶娃娃。池田惠理子她们戳穿了这种宣传伎俩:"这样的展示组合,是为了达到'参战即崇高'的洗脑目的,背后隐瞒了一个事实:正是战争破坏了这一个个人的人生!这里不是展示战争真相的地方,却在传递着肯定战争的思想,正如'二战'前、战时的日本军国主义教育一样……一想到这,我们就不寒而栗。"

目前,靖国神社位于东京繁华地段,占地面积1.12万平方米,每年有数十万访客参观它极度右倾、美化日本军国主义的收费展览。而另一边，保存大量战犯资料、日军老兵证言的中归联和平纪念馆，位于东京北面的埼玉县川越市的笠幡站附近，面积只有 180 平方米，虽然免费，一年只有大约 500 名访客。

这对比让人有些心寒。但即使夜幕即将降临，也别忘了总有星光闪烁。

WAM 纪念馆给访客准备了留言本。一位市民在上面留言："我是从靖国神社回来的路上顺便来参观的，靖国神社的游就馆里在宣扬'日本的战争是正确的'，这里的珍贵资料则在无声地倾诉事实。我被深深震撼了。战争使人失去了人性，现在如果继续对战争问题置之不理，甚至歪曲历史，则更令人恐怖。"

当然，静悄悄的 WAM 纪念馆、中归联和平纪念馆，还没有多少中国人知道。

在我报道她们的事迹后，有读者来电或在网上询问如何给"二战"日军性暴力受害的大娘们捐钱，但几乎没有人会想到给日本友人一点温暖和支持。后来，我收到了唯一一份要求转捐给日本友好民间团体的 300 元。我告诉池田惠理子后，她异常惊喜："这是我们至今为止收到的第一份来自中国的捐款！"她的惊喜，却让我微微心酸。

让她们津津乐道的是，2011 年有一位中国媒体人到访 WAM 纪念馆，虽然不通日语，还是看明白了。他掏出了身上的 5 万日元全捐了，只是对她反复说着一句："谢谢你们。"这让这些坚持至今的女士们分外惊喜，"不是因为钱，而是因为看到中国友人来支持我们了"。

坚持到今天,"WAM"遭遇了日本右翼的巨大压力,门口被喷涂、抗议、主要成员被人身威胁已经成了家常便饭。资料馆的网站不时遭到黑客攻击,有的右翼论坛上充斥着各种辱骂资料馆的帖子,甚至有右翼分子在网上宣称已经派人摸底,准备来破坏资料馆。对于家中接到威胁电话等,馆里的中年女性职员说起来眼都不眨,平静自若。

它也因此几经搬迁。"时常会有右翼组织的大喇叭吵闹,有的房东很为难,不愿意惹麻烦,都婉言拒绝我们。"池田惠理子苦笑着回忆。志愿者们守护着珍贵的史料和书籍,颠沛流离。现在,她们终于落定在著名学府早稻田大学的一幢小楼里。

在这座小博物馆里,悬挂着一幅巨大的樱花树画卷:夜色的绚烂花树下,隐隐露出受害妇女的白色骸骨。

WAM 志愿者身后,是几百位受害者大娘的真实照片。

入口处的大红墙体上,中国日军"慰安妇"受害者们的黑白照片安静地排列着,其中就有中国首位"慰安妇"受害者证人万爱花。她们中许多已经离开人世了,音容和证词却在这里永存。几百名各国老妇的脸庞无言地看着来访者,见证着这段被一群女性保护下来的历史。

三、"现在是最坏的时代,也是最好的机会"

2014年3月,日本大阪市市长桥下彻发表了"'慰安妇'是有必要的"言论,引起了多国的强烈抗议。事后,极右分子桥下彻并未辞职。

但很多愤怒的中国人并不知道,也有这样的日本人,几十年如一日,坚持为中国"慰安妇"受害者奔走呼吁。他们是"桥下彻"们的老对手。

安倍晋三上台的2014年以来,是他们最困难的时期。

"桥下彻发表这样的言论,我们一点也不惊讶。"2013年,在东京的一家咖啡馆,WAM的负责人、"慰安妇"问题专家池田惠理子告诉我,"因为桥下彻长年以来在历史问题上的发言都非常恶劣。我们看到消息后反应迅速,马上提出了联名抗议书,要求桥下彻

2013年,东京,池田惠理子。

辞去公职和维新会（注：日本右翼党派）职务。"

据她介绍，日本关西地区关注"慰安妇"问题的民间团体有50多个。这一次，就是民间团体"慰安妇问题关西 NETWORK"的志愿者，拿着抗议书，直接来到了大阪市政府。

但桥下彻没有出面，由秘书接受了抗议书。抗议者们还给了桥下的秘书5本 WAM 出版的"慰安妇"问题书籍。"就是因为桥下彻太缺乏这方面历史的基本知识，完全不学习，才会发出那样的谬论。"

日本历史教科书里，"慰安妇"问题去哪儿了？

池田惠理子生于1950年，小时候在东京附近的"穷地方"成长。小学成绩很好的她，当上了班级委员，老师让她"扶帮带"，同桌总是穷孩子或者成绩差的同学。"他们吃的都不好，放学回家时，我把学校的面包送给他们，这么点小事，他们就会非常高兴。我还有过一个很帅气的小男生同桌，家境也不好，成绩很好，但小学四年级就出车祸离世了。我很同情他们。"

小时候，池田惠理子就明白了贫富差距。"隔壁班也有很富有的同学，所有的孩子必须选择跟富家子玩、还是跟穷孩子玩。我选择了穷孩子那一边。在这样的矛盾中，我看到了不平等，觉得这样的社会太奇怪了。"

高中时，她就是个爱写小说的文学女青年。

"那时我有一个亲戚，因为家里太穷了，竟然就把女儿卖了。我想女性不是物品，不能这样，女性不应该是男人财产的一部分。

我想要改变这样的社会。"从那时起,她的女性意识就慢慢萌芽。

1973年,23岁的池田惠理子从早稻田大学毕业,以优异的成绩考入了日本最大的电视台NHK。

"当时日本社会有严重的性别歧视,公司里有100个男职员,只有两三个女职员,女员工也没法升职当领导,女性在'必须沉默'的社会价值观中成长,只能过这样的人生。是什么造成了这样的社会现状?我觉得最大的原因是大众媒体。我不能这样袖手旁观下去,想靠自己的力量改变这一切。因此,我就想进入媒体,通过报道改变这个残酷的社会。"

"我是个急性子,想到的马上就去做了。总之,这是命运。"她笑着告诉我。直到退休,她在NHK工作了37年,一直持续调查"二战""慰安妇"问题。

但她调查"慰安妇"问题,却不是因为电视台的要求。

20世纪90年代,她要做纪念"二战"的电视节目。她依照惯例去NHK庞大的资料库里找了一圈,"结果什么都没找到。这么多年NHK都没有做过任何'慰安妇'的报道,我太惊讶了"。最后,池田惠理子坚持做出了片子。那是NHK第一次关注"慰安妇"问题,但是最终没有被播出。

从那以后,池田惠理子开始用业余时间调查"慰安妇"问题。"这是我的固执。我想传达最苦的人们没法表达的声音。"她和一群日本志愿者几乎年年来中国,为许多中国的受害老人录下历史的证词。

1992年,"中国慰安妇证人第一人"、山西省盂县的万爱花老人来到了日本，第一次公开作证。她状告日本政府时，池田惠理子就在旁听席上。

1994年的太原，万爱花大娘在中外记者面前讲话，突然灯灭了。一片安静中，只有她自己苍老的声音，在黑暗中回荡。"大家都安静地听着，我被极大地震撼了。"池田惠理子说。1996年开始，她作为"山西省·查明会"的志愿者，开始记录中国"慰安妇"受害者的口述历史。

1997年，她创立民间摄影社团"影像塾"（日文：ビデオ塾），从事"慰安妇"受害者和日本老兵证言的拍摄录制。1998年开始，她跟随松井耶依，作为"VAWW-NET日本"的组委会成员，参加了筹备2000年的女性国际战犯法庭。2003年，她是WAM的筹建委员长，2005年WAM开馆后，她是运营委员长，2010年9月至今任WAM馆长。

从1997年开始，安倍晋三聚集右翼的日本国会议员，组成了"思考日本前途与历史教育的青年议员会"，他自己任会长。

这个议员组织，到现在去掉了"青年"两字，依然活跃着。2007年，美国众议院提出"日本政府应对'慰安妇'问题谢罪"的议案后，该议员组织公开把"'慰安妇'不是性奴隶，是自愿的军妓，不存在虐待"的书信送到了美国众议院。至今，右翼政治势力依然在日本试图推广美化侵略战争的《新历史教科书》。

"1997年以前，日本的历史教科书里都会写到'二战'的'慰安妇'问题。但是每年'慰安妇'问题都受到右翼的疯狂攻击，从2012年开始，通用的高中历史教科书已经把这部分内容删去了。"

池田惠理子叹息道。

删去这部分内容的责任，究竟归谁？

日中韩共同历史编纂委员会共同代表俵义文认为，始作俑者是"日本政府、文部科学省和自民党政治家"。

"在这种强大的政治压力下，教科书出版社不得不'自我检查'，删除了'慰安妇'历史的记述。同时，日本各地的教科书选用制度也慢慢向右转了。"

1999年8月，根据文部省的要求，东京书籍、教育出版、帝国书院等出版社都删去了"从军"和"强制被迫"等词语。

但是日本书籍出版社一度顶住了压力，2002年版的教科书里依然保留了"慰安妇"内容，反而比其他出版社更多地增加了日军的侵略史实记述。右翼的《新历史教科书》委员会和《产经新闻》将日本书籍出版社攻击为"最自虐的出版社"。

据俵义文记述，1997年，日本书籍出版社的教科书在东京的23个区中有21个区选用，但2002年，这个数字下滑到了两个。2006年，数字终于变成了零。

但池田惠理子还是在继续传递历史真相。

WAM出版了面向中小学生的"慰安妇"问题历史教材。"因为中国的'慰安妇'实在是太惨了，日本政府根本就拒绝承担谢罪赔偿的责任，愿意出来作证的日军老兵又很少，我们不能放弃。"

她介绍，东京都教育委员会、自民党教育再生总部，都是推动教育右倾化的右翼力量。"历史问题说到底是教育问题，右翼也认识到了。他们希望重新建造起为国冲锋陷阵的一代，能像当年军国主义政府时代那样,所以必须修正教育。"

使用 1997 年以前出版的教科书的日本一代,已经知道了"慰安妇"的史实。但十多年后的现在,日本年轻人想学这段历史,也很难有机会了。

日军性暴力,为何无人被审判?

"现在是整个和平反战运动最糟糕的时期。"2013 年,在东京,战争与对女性暴力研究行动中心共同代表西野瑠美子女士对我说。

2013 年 6 月 28 日,西野瑠美子联合 15 名日韩"二战""慰安妇"问题研究者,联合出版了反驳日本右翼的新书——《直面"慰安妇"问题的右翼网络暴力——"河野谈话"和日本的责任》。在书的前言里,她略带无奈地写道:"围绕着'慰安妇'问题,要求日本政府谢罪赔偿的运动已经开展了 20 多年。但是,现在依然没有一个受害者能接受的结果,前景愈加不明朗。"

2013 年,东京,西野瑠美子与田中宏教授在讨论战后追责问题。

西野瑠美子原来是一名中学语文老师，20世纪80年代开始加入民间组织，从事社会工作。1990年，她接触到"慰安妇"问题后，就再也"脱不开身"了。

她多次到中国山西、上海、云南等地调查"二战"性暴力受害者。"我们找了心理医生，检查结果显示，时隔60多年，老人们的心理创伤依然非常严重。她们突然听到男人说话，或者看到好多人一起走过来，就会下意识地想躲起来。"西野说。

2000年，在海南农村，她和向导被全村人气势汹汹地围住了。

一个老人朝她冲了过来，她差点被打了一拳。老人骂道："小日本鬼子！"多亏向导反复解释，西野瑠美子才得以脱身，继续调查。"但我认为这是很珍贵的经验，亲身认识到当年日军给中国人造成了多深的伤害。"

1993年8月4日，日本内阁官房长官河野洋平发表了著名的"河野谈话"。河野谈话承认日军直接参与在朝鲜半岛、中国等地设置"慰安所"及强征当地妇女充当"慰安妇"，并对此表示道歉和反省。

2007年，美国、荷兰、加拿大的众议院和欧盟议会都作出了要求日本政府在"慰安妇"问题上谢罪的决议，有的还要求赔偿受害者。

2011年，在韩国更是发生了一起在研究者看来"划时代"的事件。这一年，韩国的宪法法庭，判决"对日军'慰安妇'问题未积极解决"的韩国政府"违宪"。

"但是，把视线转回日本国内，大动向完全逆国际潮流而行。"西野瑠美子说，"无视史实、要维护'二战'日军'名誉'的势头，真是止也止不住。"

2007年6月14日，日本国会44人参加的"历史事实委员会"在《华盛顿邮报》上以"这就是事实"为题发布了意见广告，否认"慰安妇"问题是"二战"日军犯下的罪行。

2012年8月起，石原慎太郎、桥下彻等日本右翼，更是发表了"'慰安妇'都是自愿的""没有强拉'慰安妇'上战场的资料"等狂妄言论。

2012年11月4日，日本右翼在美国新泽西州的报纸 *STAR Ledger* 上再次刊登意见广告，其中甚至批判了"河野谈话"。这一次，联名者里有当时尚未重登日本首相宝座的安倍晋三。

进入2013年，"慰安妇"问题成为日本右翼试图突破日本和平宪法的一个支点。

桥下彻作为"先锋"不断发声，第二次掌权的安倍内阁也放出了"可能推翻河野谈话"的风声。这引起了中美等多国媒体的激烈批判，但安倍首相依然在2013年2月7日的日本国会上表示："没有强制慰安妇的证据。"长期研究战后赔偿问题的日本一桥大学田中宏教授认为："这是日本在国际上的耻辱。"

"我们到现在为止做了很多调查，但安倍和桥下却说没有任何证据，就证明他们在说谎了。最有力的证据就是河野谈话。此外，还有当年远东军事战犯法庭的判决。"西野瑠美子说。

2013年5月22日，235个日本民间团体、450多人在东京召开了针对桥下彻错误言论的抗议集会，池田惠理子也是参加者之一。"很多国会议员都来了。"5月28日，韩国"慰安妇"受害者金福童、吉元玉发起了受害者证言集会，约600人参加。

但在国际压力下，桥下彻只是在5月25日撤回了"冲绳美军也活用了色情产业"的发言，却不撤回"慰安妇是必要的"这句话。

在西野瑠美子看来，"这可以说是20多年来我们面临的最大危机"。

"不管大家怎么努力，日本政府全部无视，从报纸到电视的媒体也都'自我规制'，不做任何报道。右翼的自民党也批评桥下彻，但主要是因为他对女性的歧视，谁也没有正视历史。"

西野瑠美子认为，责任不仅在教科书，而在大众传媒。"我认为只要有机会一定可以传递历史真相，但媒体一直在报右翼关心的领土争端问题，很少报道我们的活动。"

出人意料的是，这些"慰安妇"史实的研究者，很少上网。但这却不是因为他们"跟不上时代"。

"这是因为，日本右翼的攻击太泛滥了，还是不看为好。"西野瑠美子说，有一次她偶然搜索自己的名字，竟然搜出了许多她的生活照片。"都不知道我是什么时候、在哪里被偷拍的。"

对他们来说，电话威胁、人身攻击已经是家常便饭。"我已经很小心，名片上都不透露住址等个人信息，但威胁电话还是会直接打到我家里。"西野说，每次站在铁轨前等电车，他们都不会站在最前面，"以防万一"。

即使这样，他们依然坚持自费出书、做调查。

"如果我被右翼攻击，就说明'慰安妇'问题真的很重要。我更应当坚持继续做下去，一定。"池田惠理子说。

但战争与对女性暴力研究行动中心依然坚持,从来不接受企业的捐款支持,只接受个人的小额捐款。"否则就要听企业的,也没有多少企业会来给我们捐款,因为他们做环保之类的更利于企业社会责任形象宣传。"

西野瑠美子也知道,他们不可能回避网络,尤其是在日本右翼在网络上非常活跃的当下。日本年轻人一搜索"慰安妇"三个字,出现的大都是右翼发布的错误信息。

因此,她目前正在和志愿者一起准备建立"慰安妇"问题的专门网站。"虽然我们人手有限,不可能成天发帖,但必须要在网上发出声音,让年轻人看到真正的历史。"

日本年轻人为何不关心"慰安妇"问题?

相比中国青年一代对中日历史问题的高度关注,日本的同龄人可以说是关心者寥寥。这个问题在反战和平组织里,体现得尤为鲜明。

战争与对女性暴力研究行动中心里,最年轻的一位会员也已经30多岁,会员中多数都是四五十岁,年龄最大的有70多岁。

"我们的会员里老人居多,都是年轻时参与后就长年一直支持我们的人。一次研究会能聚到十多个人,就算很好了。"西野瑠美子说。她已经60岁了。"等我们这一代人老去,过世,也许就没有其他人了。"

除了没有年轻人接班,反战和平组织的资金匮乏问题也很严重。"因为筹不到钱,我们不得不解雇专职志愿者。"西野笑着对我说。

二三十岁的日本年轻人缺乏对历史问题的敏感和意识，也不来参加活动。

在东京外国语大学，金富子教授做了关于"慰安妇"问题的学生调查。许多学生回答她："我是中立的，不支持也不反对。我不想对政治发言，更关心就业。"

"现在年轻人对生活有着强烈的不安全感，因此远离政治。我认为只要给他一个遇见的机会，给他一次冲击，让他慢慢思考，就够了。"西野瑠美子说，"中日两国都无法忽视对方的存在，现在很多中国学生来日本学习，两国年轻人应该互相多交往。"

现在的日本国会是偏右的，但西野瑠美子也说："现在也是最好的机会。"

"在此前的民主党执政时期，就算让他们承认'慰安妇'问题，强大的保守派自民党也不认账。而现在安倍政权就在台上，如果能趁现在让政府承认的话，就可以改变局面。"

事实上，日本政府和国际社会打交道的时候，"慰安妇"问题，正日益成为它必须跨过的门槛。2011年12月18日，日本时任首相野田佳彦与时任韩国总统李明博在日本京都会谈。在约1个小时的会谈中，双方用40分钟"吵"的就是"慰安妇"问题。

李明博表示，"慰安妇"问题正在成为两国关系的障碍，日方需要切实拿出优先解决"慰安妇"问题的勇气。野田则表示，"慰安妇"问题已经从法律上解决，今后将继续从人道主义出发寻找良策。

2013年，安倍晋三在选举期间一直大肆宣传要修改和平宪法，否定反省战争责任的村山富市谈话。

但西野瑠美子认为："修改和平宪法不是日本一个国家的问题，关系到周边各国，没有那么容易。最重要的还是日本直面历史问题。想要跳过这个问题，考虑中日互信友好，考虑融入亚洲是不可能的。"

"承认慰安妇问题，是日本走向真正民主化的入口，所以我们必须坚持下去。"最后，西野瑠美子说。她手中，正举着和日本强大右翼对抗的新书，黑红色的封面上，印着1938年农历正月在南京开设的日军"慰安所"的老照片。

四、万大娘的最后一次尊严

2013年9月4日凌晨0时45分,"二战"日军性暴力受害者作证的中国第一人万爱花在山西太原家中离世,享年84岁。

穿过海啸的阴影来看你

2011年春,日本东部发生的大地震、大海啸和随之而来的核电站危机给全世界笼罩上了重重阴影。同样在这个春天,一群日本人穿过灾难的阴影赶来中国,只是为了一位病重的中国大娘。

这位中国大娘,叫万爱花。

在中国民间对日"二战"索赔的漫长战役中,"万爱花"是个赫赫有名的名字。她被称为中国"日军性暴力受害者"对日诉讼第一人。1943年6月到1944年初,年仅15岁的她先后三次被日军抓去充当"日军性暴力受害者",遭受残害导致终生不育,1.65米的身高也变成了1.44米。

1992年以来,她先后6次到日本出席国际听证会和控诉大会,并与其他9位受害妇女一起状告日本政府对其造成的性暴力伤害,要求其谢罪并给予经济赔偿。而找到她们、帮助她们站出来说话的，就是日本女士石田米子带领的"查明山西省内侵华日军性暴力实情·与大娘共进会"（简称"山西省·查明会"）等日本民间组织。

这次她们赶来中国，是因为知道了万爱花病重。笔者也随同前往。病床上的万爱花托山西大学教授赵金贵给石田米子带话说："这次我也差不多要死了吧，我希望达成的事还没实现，死不瞑目啊，还是想要拿这把老骨头斗一斗。"

考虑经费及工作等问题，此次来的日本志愿者并不多，有9名，多数是50岁以上的人。

2011年3月27日下午，太原街头阳光很烈，很难打车，而日本志愿者们又没有雇车。长年一直参与"慰安妇"诉讼的川口和子律师（因病逝于2013年12月3日）一直迎着大风挥臂打车。送走了好几辆车后，她在迈下人行道时，一脚踩在台阶边缘，直接正面朝下摔倒了，半天无法起身。好不容易被搀扶起来时，她皱着眉头，倒吸了好几口冷气。

虽然一瘸一拐，但她还是坚持和大家一起向山西大学附属第二医院住院部走去。

在病床上24小时吸氧的万大娘看到日本志愿者进来，一下子抬起了手。

戴眼镜的小林女士率先俯身在病床边，双手握住了万大娘的手。她曾经在山西留学两年，在志愿者里经常担任翻译。病床上的万大娘向右边侧过头，无力地蠕动着嘴唇。连我也不能听懂老人盂县方言的低语，小林女士却能够翻译。

万大娘一开头问的是："谢谢你们来，你们几时回去啊？"让大家松了一口气。日本志愿者轮流到病床前，握住了万大娘的手。石田女士问起病情，万大娘抬起手伸出两个指头，反反复复说："我要出院……不要治了……每天都花两三千，每天两三千……太贵了……"说着说着，浑浊的双眼渐有泪光，说到最后摇了摇手，右眼一滴眼泪顺着面颊流进了枕头。日本女士中发出了低低的抽泣，有人掏出了手帕。

在这个过程中，小林女士一直保持着笑容。听着听着，她伸手抚摸万大娘的头发。老人一直被染得很黑、很精神的头发，末端已经新生出了几寸的白发。

"以前我还到万大娘家，和她们一家人一起包饺子，以前她精神一直很好……"小林女士走出病房后才叹息说。

最后，在早稻田大学开设"女性之战争与和平纪念馆"的池田惠理子女士掏出了一个小袋："我们有一位志愿者也正在日本住院，此次不能来了，她跟您问好，说要加油！这是大家送给您的'幸福小猪'！"站在病床边的人终于都笑了起来，万大娘把粉红的毛绒小猪拿到眼前，也第一次笑了。

石田米子回忆起来，2010年6月，万爱花大娘从床上不慎摔落，脸部受伤缝了六针。在9月与石田米子见面时，万大娘脸上还留着明显的伤痕，在笑着和她对话中起身去呕吐了很多次，"让人很是担心"。

万爱花的肠胃问题是老病，用她唯一的养女李拉弟的话就是"一年365天，能吐350天"。2010年11月13日前后，万爱花就在家"突然吐了出来，还带血"。当时送到了山西省人民医院，"一星期就花1万元"的价钱很快就让一家人无法承受，转院之后住了两个月零三天。

2011年这次发作是在3月7日。仅仅回家过完春节、吃了次饺子，万大娘在家休克后被送到太原市中医院，被抢救过来。3月17日再次休克后，被转到山西大学附属第二医院消化内科住院。"那几天不敢动她，一动就吐。第二次休克前，还能每天吃点面条稀饭，而从那以后肚子就痛得不能吃饭，吃了就吐。"李拉弟说，至今为止，万大娘已经休克了5次，无法摄入水分，基本靠吊瓶维持营养。少的时候每天挂两三瓶，最多的一天挂了12个吊瓶，从白天一直挂到第二天凌晨3时，家人一直不能睡，看护着吊瓶里缓慢的一滴一滴，维持万大娘的生命。

说话间，李拉弟的二女儿拿出一个方形饭盒，泡了半盒从医院门口的小超市里买来的永和豆浆。"奶粉她喝不下，会吐，而且奶粉太贵。"万大娘慢慢侧过头，就着吸管喝了不到半分钟，就放下了。这样的"进食"一天有五六次，一共喝不到半盒。

"哪还能叫保姆啊？"李拉弟说，"我就是个老保姆，我女儿不让我陪床，怕搞出两个病号。"

据万大娘的主治医生介绍说，目前可以确诊的是肠细膜长期失血缺血，但是万大娘拒绝了做胃镜、核磁等检查，因此进一步诊断一直无法做出。

李拉弟解释，不做检查一是因为缺钱，这几项检查分别要7000元、1000元不等。二是因为万大娘身体虚弱。"因为胃镜要从嘴巴里一直通下去，血管造影要从肚子这边开个口把管子通进去。我妈好长时间都没吃东西，身体很单薄，年纪又很大了，怕撑不住。而核磁要坚持40多分钟一动不动，这个我妈说坚持不了。她长期有胃病、冠心病，肺上有囊肿……"

中年的护士长一边在万大娘瘦得皮包骨的手背上寻找血管，一边叹息说："她的血管太脆了，一不小心或者是输液过程中一用力、动一下，针头都会穿出去，那就要重新扎针。"因此年轻护士不太敢给她打针。"27日三瓶吊瓶，左手打了4针，右手打了2针，一瓶输液80元……"

护士来巡视时，50毫升的输液还剩下20毫升，万大娘轻声说："不想打了。"她时常这样回答护士和家人。李拉弟回忆，万大娘住院以来心情"很不愉快"，一直在说"太花钱了，不要治了，我该死了……"

3月17日到20日是万大娘家人最困难的四天，每天的医药费达到3500元，一共花去9000元（最后一天没住满）。从3月20日至29日，万大娘的医药费又已花去1.6万元。

与此相对，她仅有每个月310元的低保，以及作为共产党员一年1200元的生活补贴。

她66岁的女儿李拉弟没有正式工作，丈夫也已离婚多年。而李拉弟可依靠的只有三个女儿，老大是家庭妇女，"孩子太小出不来"；老二平时打点零工，现在日夜在医院陪床，甚至顾不上即将参加高考的两个女儿；老三在外打工，"一个月赚不到1000块"，有时轮换来医院。短短20多天，一家人欠债近5万元。

"我算的钱都已经除去了国家医保负担的20%,我和女儿轮流管朋友借钱。"面色微黑、有高血压的李拉弟用力揉了揉眼睛。

除了来自横滨的石田米子女士,其他8位志愿者都来自放射量迅速上升的东京。这使人不禁想问,连自己处境都需要担心的他们,究竟为什么还要在这时赶来中国,来看一位中国大娘?

"其实大家内心都很担心、也会有恐惧。在东京的所有人都遭遇了经常停电、交通停滞等种种困难,天天看放射量上升的新闻,自信也严重地被动摇,很害怕。但是万大娘是一直跟我们共同走过来的人,她现在也一直努力活着,也努力跟病痛战斗着。我们现在不能逃避,不能放弃一路共同走过来的人。"石田米子说。

"虽然害怕,但是我们无处可逃避。毕竟我们出生在日本这个国家,生活在这个国家,又能逃到哪里去呢?"在这支多数人都超过50岁的队伍里算是"年轻人"的佐藤女士笑着说。

池田女士几年前接受过头部的手术,她被告知,三分之一的接受手术者会死亡、另三分之一手术后会瘫痪。"而我就是那剩下的幸运的三分之一,我现在还活着,还能这样工作,就觉得现在是多出来的生命,因此如果有什么事,我都能接受。"当听说众多中国人由于恐慌日本核辐射而抢购食盐时,几位日本女士都笑了起来:"如果中国都会大受辐射的话,日本不就已经灭亡了吗?"

自10年前开始,她们创设了"大娘医疗基金",从众多日本市民中募捐,出了已病亡的南二仆的医疗费。据张双兵、李拉弟证实,此前这些日本志愿者组织已经为万大娘帮扶过不少的医药费。

这次来中国,石田米子她们把整个协会最后的钱给了万大娘。

"这次以后，我们的钱包也就见底了。我们回日本后还要继续努力募捐……"

但她也坦承，众所周知，现在全日本说起募捐，当务之急就是东日本大震灾的募捐，因此她们能从日本社会获得的支援会变少，她们的募捐、处境的确都会更为艰难。

"需要强调的是，我们并不是出于对受害妇女居高临下的同情或者是为了赎罪，而是我们认为挽回性暴力受害妇女的尊严是我们应负的责任，是我们应该共同去面对、斗争的事情。"石田米子说。

"年迈多病的受害妇女所剩时间不多，要让日本政府在她们有生之年解决问题，是我们的责任和义务。"池田惠理子女士说。

"虽然我们的力量薄弱，但今后我们依然会为这一目标去努力，去行动。"石田米子说。

3月29日是万爱花大娘出院的日子。"我妈坚持要出院，而且我们觉得她这手输液已经输不进去了。"李拉弟说。

隔壁病床的老太太也和她同一天出院，前一天就已换下住院服，盘起腿靠在床头，边吃东西边和家人唠个不停，说说笑笑。老太太的家属问起万大娘，小声说："日本人当年干了多少坏事，她是中国人的活证据啊……"

而万爱花依然半闭着眼躺在床上，静静挂着最后一次的吊瓶，不知她是否听见了旁人的议论。这时其实万大娘已经欠费了，必须先交钱才能挂这最后一瓶，还是护士好说歹说"先借来给挂上的"。她的外孙女掰下一块蛋黄派的皮，让她含进嘴里，如果吃到奶油的部分她会吐出来，一个蛋黄派能供她四顿"饭"。

4月5日，万大娘再次住院，至今无法吃饭，花费依然在上升。石田米子知道，日本志愿者用尽全力的最后这次捐助，其实也只够万大娘在山西的医院住上几天。"但是无论如何，我们都希望能够帮助延续大娘的生命，让她活得更长久，即使只多活一天。"

"慰安妇"的晚年实况：孤独的勇敢与凋零

80多岁的中国被掳往日本劳工联谊会会长李良杰曾经去看望两位日军"慰安妇"受害者，那个画面让他难以忘怀。

90多岁的那位大娘没有子女，又已经难以站立行走，从屋子里一路爬到院子里，要拖动柴火到屋里；另一位80多岁、当年被关在一起受害的"老姐妹"正好来了，才有人帮她拖柴火。

"这个80多岁的老姐妹当年被日本军抓去的时候才十多岁，有一天好几个日本兵要欺侮她，她生了病，已经实在快要死了，另外这个年长一点的就站出来说：'她不行了，我替她吧，你们冲我来'……这样才救了她一命，所以她到现在还念这份恩情，时时来看望。"李良杰说。

石田米子她们找到的几位"慰安妇"受害证人中，王改荷、高银娥、赵润梅大娘已经在2007年12月到2008年1月的冬天相继去世。山西省查明会也曾给予她们部分援助。张先兔、尹玉林大娘现在还住在农村窑洞里。

"其实比起接受来自日本的援助，万大娘还是更愿意看到中国自家人的援助，还是更希望更多的中国人，尤其是更多的中国年轻人，知道她们的故事。"石田米子说。

据山西省的民间组织慰安妇问题研究会成员张双兵介绍，像万大娘这样的"慰安妇"受害者，在21世纪的头十年都已是80岁左右，甚至不少人90岁以上，而且大部分生活在农村地区，生活保障堪忧。尤其是性暴力受害者中的很多人无法生育，这样在农村更苦。无人赡养、没有钱看病、营养不良等是普遍存在的情况，随着大娘们越来越衰老，其处境更是每况愈下。

阳曲县的尹玉林老人已90多岁，至今仍住在简陋的土窑洞里。60多岁的儿子儿媳都是农民，靠种地为生。老人的心脏等器官患有疾病，但因无人能照看，一直无法住院治疗。在赵金贵今年探望时，老人已经两腿无力，拄着拐杖也难以行走。

据学者张双兵介绍，2011年已有两位珍贵的受害者证人去世，2012年又有刘面换大娘离世。2011年，刘面换大娘代表"二战"日军性暴力受害者，参加了在北京中国人民抗日战争纪念馆举办的日军性暴力图片展开幕式，并作了"不忘历史"的发言。

"多年来，地方政府对'二战'性暴力受害者幸存证人关注不够，现在的幸存证人，几乎都是年老多病，多名老人生活不能自理。"长期关注这一问题的山西大学教授赵金贵告诉我。

日本志愿者田卷惠子女士再三对笔者强调："严格来说，这些侵华战争的受害者不能称为'慰安妇'，应该称为'日军性奴隶'。因为'慰安妇'是自愿随军的历史名词，而她们当年都是被强行掳到日军炮楼或据点里遭受蹂躏的。"

2012年9月17日，在"九一八事变"纪念日来临之际，首批24名"二战"日军性暴力受害者幸存证人名单正式公布。这是国内首次成规模地披露"二战"日军性暴力罪行的幸存证人。

此次公布的幸存证人都在90岁左右，分别来自山西省阳泉市盂县、长治市武乡县、沁县和太原市阳曲县。出于对受害人隐私的保护，部分证人隐去了姓名和籍贯。

幸存证人名单中包括1995年对日本政府提起诉讼的4名受害老人：生于1921年的陈林桃；生于1925年的周喜香；生于1927年的郭喜翠；生于1928年的李秀梅。

名单还包括生于1922年的尹玉林和生于1926年的张先兔。1996年，两人和有"中国慰安妇证人第一人"之称的万爱花一起提起对日诉讼。这两次诉讼都被日本最高法院驳回。

这一名单是旅日华侨中日交流促进会、中国九一八爱国网联合发布的。中华海外联谊会理事、旅日华侨中日交流促进会秘书长林伯耀呼吁："这些珍贵的历史证人日渐凋零，晚年凄凉，时常求医无门。但长期以来，国内并没有专门救助她们的基金会。目前寻找到的受害者多在山西与日军作战的八路军根据地，在全国范围内究竟有多少人受害，还没有相关数据。前事不忘，后事之师。我们呼吁祖国同胞们，请大家也伸出援手，保护不可替代的历史证人，保护我们自己的历史不被遗忘。"

2014年4月10日晚上10时，"二战"日军性暴力受害者原告李秀梅老人，因心肌梗死突然去世。

多年探访她、关注这段历史的张双兵先生告诉我："前几天我见过她，她今年身体很好，还说有机会还要去日本，向日本政府讨要说法。没想到走得这么突然。"

她与"中国日军性暴力受害者作证第一人"万爱花等老人曾起诉日本政府，要求谢罪赔偿，最终遭遇败诉。"慰安妇"是日本政府对日军性暴力受害者的蔑称。

其他原告都已去世，她曾是最后一位在世的原告。如今，她也走了。

"勇敢"，足以成为她们的标签。

83岁的万大娘一直在同被侮辱被损害的记忆作战，是勇敢。站出来做中国第一个"慰安妇"证人，和日本政府及右翼斗争，是勇敢。

日本志愿者十多年来每年去这个偏僻的农村记录这份历史，是勇敢。十多年来向日本社会呼告历史真相、应战右翼的威胁打击，是勇敢。

所有"勇敢"汇集起来，是对"慰安妇"受害者大娘、日本志愿者群体的敬意。但在这个过程中，我更期待看到中国同胞的身影。

在万爱花大娘2011年病情数次恶化住院中，我知道关心慰安妇历史的张双兵老师已代付了1万元医药费，山西大学的赵金贵老师也全程提供了大量帮助，但还没有听说其他的救助。而日本志愿者的"大娘医疗基金"也已经告罄，现在更是我们自己站出来的时候了。

如果日本志愿者在右翼打击的环境中都能这样勇敢，我们中国人有什么理由不能？众多"慰安妇"证人的晚年太令人担心，别让她们一步步孤苦贫困地凋零,我们能做到吗?

万爱花大娘的最后一次尊严

2013年9月3日下午,老人突然说想回家看看,被家人接回家后,于4日凌晨离世,未留下任何遗言。依照习俗,万爱花遗体已被送回老家山西盂县羊泉村。

日本侵华战争期间,万爱花三次被日军抓走,遭受非人虐待。20世纪90年代,作为日军"二战"性暴力侵害的受害者,万爱花第一个站出来公开指证日军罪行。她多次赴日本东京出庭作证,要求日本政府直面历史、谢罪赔偿,均被日本法院判决败诉。

我会永远记住这个日子,2010年3月21日。这一天是我第一次见到万爱花大娘。距离她离开这个令她流干了眼泪的世界,还有3年5个月14天。

我一直不敢想,有一天会轮到自己来写她去世的消息。说来惭愧,其实我真正跟万大娘的交谈并不多,因为她的山西盂县话,好难听懂。

当年我这么想的时候,却忘了她曾经面色平静地带着她的盂县话,走到东京,重新面对她一生最恐惧的"日本鬼子"。

万爱花,1929年农历腊月十二,出生在内蒙古呼和浩特市河林格尔县韭菜沟村。她原名叫刘春莲,4岁时,因为家贫,被父母卖到了山西省盂县羊泉村当童养媳。

1943年,日军进犯我国山西。万爱花14岁。

农历六月初七，日军扫荡了羊泉村。万爱花躲在一条沟里，很快就被日军抓住了。她和另外4名少女的身影，一起消失在进圭村东侧的日军据点里。

半年后，1944年正月的一个早上，几个人出现在进圭村结冰的河边。

走在前面的两个人抬着一个赤裸的女人，女人浑身冻成了青紫色，四肢垂到地上。后面跟着两个穿着黄军装、端着刺刀的日本兵。他们拉着女人的两条腿，拖到了河的对岸。她身体经过的冰面上，留下一条血红的长线。

我们也可能永远不知道这中间发生了什么，直到20世纪90年代，盂县教师张双兵找到了老年的万大娘。

沉默了半个世纪的她，留下了第一份中国"慰安妇"受害者的证言。

她被扔进了进圭炮楼的一眼窑洞。她永远记得，"青石的门面，木格子窗户被砖头垒着，里面黑乎乎的，我缩在地上铺着的草上。"当天晚上，几个日军就进窑轮流"糟蹋"了她。从那以后的21天，轮奸和暴打不分昼夜。

"一天我没'服务'好，就被鬼子踢倒，用靴子踩。他们把我双手反捆住，吊在树上。到后来，我一听到门响，就忍不住要吐。"

6月28日，炮楼突然安静下来。万爱花趁日军出发，就在半夜弄断木窗棂逃了出来。

万爱花的身体一天天恢复。但农历八月十八时，她在山洼洼里洗衣裳，忽然听到有人喊："鬼子进村了！"

木盆摔在地上,日本兵揪着她的头发,把她提了起来。她被抓回了那个院子,那孔窑。"日军用皮鞭把我打得死去活来,把我提起来,摁在炕席上……"

不到一个月,她的下身开始烂了。

"不能在这里等死,还得要想法子逃。上次被扳断的木窗上已经钉上了一块厚厚的木板,这次我打算从门扇逃。第29天,趁敌人去扫荡,我把木头门扇从门桩的低凹点抬高,趴在地上爬出了门,跑进了山。"

这次,她连夜往外乡逃。等到地里庄稼收完的时节,她才养好了伤。她依然选择了回到羊泉村。家里,男人正病倒在炕上,瘦得只剩一把骨头了。

1944年的腊月初八早晨,她正给男人喂药。忽然,院门被几个日军踹开了。她又一次被日军用绳子绑上,扔上骡背,第三次进了据点。

这一次,她被糟蹋了整整50天。"先是轮奸,后是打耳光、压杠子、坐老虎凳,吊在槐树上……我死过去又活过来。"

我第一次见到万大娘,是在山西武乡县八路军太行纪念馆。

当时是日本志愿者筹备多年的"'二战'时期日军对妇女犯罪图片展"首次在中国国内展出。这个话题,是中国历史教科书都难以直面详述的屈辱。

这次撕裂伤口的展览里,每位曾被逼做"慰安妇"的大娘都有正面照片。作为日军性暴力受害者"中国第一人",万大娘被性凌辱的详细过程在被展出之列。

而她坦然地来看自己的展览。出生在和平年代、独生子女的我，无法得知这是怎样一种心情。

知道历史、讨厌日本、不买日货、骂骂"小日本"，和直接见到一位历史证人，感觉完全是不一样的。

曾经，在轮到发言之前，一直嘴角下垂的万爱花大娘从黑外套的兜里摸出了两样小东西，别在胸前。她站起来默然向四面一鞠躬时，亮晃晃的。走近了看，一枚"毛主席头像"，一枚"纪念抗日战争胜利六十周年"。

"这是胡锦涛发给我的！"她拍拍胸脯，忽然笑了。这是在日本法院判决她败诉以后，老人第一次笑。

这一刻，历史排山倒海而来。

1944年，她被扔在河边，日军以为这个浑身淌血的中国女人已经是具尸体。一位老汉救起了她。

2013年7月3日，在日本内阁官房大楼，我见证了华侨代表万大娘等4名老人向日本政府递交《中国'二战'日军性暴力受害者抗议书》。

2013年7月2日下午，在日本内阁官房大楼，4名中国"二战"日军性暴力受害者代表万爱花、李秀梅、陈林桃、郭喜翠向日本政府正式递交了抗议书。

抗议书中说："近年来，日本一些政治家与日本右翼势力沆瀣一气，不断歪曲历史，为日本军国主义侵略战争罪行翻案。尤其是最近，作为日本首相的安倍晋三、日本大阪市市长桥下彻，一次次发表歪曲"二战"时期日本政府和军队性暴力罪行的言论，使中国受害妇女的心灵和身体再被摧残。"

万爱花代表中国山西省盂县受害妇女说:"我们一生悲惨屈辱,与痛苦和辛酸相伴终生。为什么?罪魁祸首正是你们,正是日本军国主义发动的侵略战争。你们居然颠倒黑白,歪曲历史真相。我们要大声质问日本政府,你们还有人性吗?"

"慰安妇"代表提出三大要求:第一,强烈要求安倍晋三和桥下彻收回歪曲历史言论,向遭受日军性暴力的中国受害妇女郑重道歉;第二,强烈呼吁日本政府尊重历史,承担战争责任,郑重向中国受害妇女谢罪、赔偿;第三,要求安倍晋三、桥下彻就中方抗议作出书面答复。

由于受害者年事已高,4名代表未到日本,抗议书由旅日华侨中日交流促进会代表林伯耀递交。日本内阁总务官室的请愿事务负责人市村丰和接过抗议书,并表示一定会转交首相安倍晋三。抗议书也送达大阪市长桥下彻。

白发苍苍的林伯耀,用日语对年轻的日本内阁总务官室的请愿事务负责人市村丰和说:"你应该不知道,我认识的万女士,年轻时是一位非常漂亮的女性。但是在日军虐待下,她的身高从165厘米缩到了144厘米……"

这不是危言耸听。劫后余生的万大娘的双腿两侧伤痕累累,手臂脱臼,耳垂被扯掉。她的身高萎缩,是因为胯骨、肋骨多处骨折,腰身陷进骨盆、颈部缩进了胸腔。

当时才17岁的万大娘就没了月经,下身严重溃烂,终生不育。

整整三年,她不能走路,大小便都不能自理。小小年纪的养女李拉弟给她端屎端尿，拾柴火、挖野菜，去好心人家讨吃的。

这沉默的五十年，她们生活在社会的最底层。她带着养女乞讨过，当过保姆，缝补棉衣、裤子。

池田惠理子记得，她到东京作证时，换上新衣服，照照镜子，突然就哭了。她们赶紧劝慰，万大娘哭着说自己："难看，人不人，鬼不鬼的……"

到2000年后，万爱花才得到社会关注，地方政府也对她实行农转非，给了低保。2002年，5位山西省政协委员联名提案，把万爱花列为山西省慈善总会重点救助对象，经核查后确定。

在全中国，被日军"糟蹋"的受害者何止成百上千，但敢于站出来的却寥寥无几。调研多年的林伯耀老先生告诉我，原因不仅是受害者自己耻于面对，更是农村的受害者被严重歧视。

但张双兵的一次次到访，终于让万大娘成为中国第一个开口的受害者："不能就这样算了，只要我活一天，一定要让日本人低头认罪。"

1992年12月9日，万爱花作为中国大陆受害妇女的代表来到日本。她脱掉上衣，向所有在场的人展示伤痕，含泪控诉直至昏倒在地。这一场面震惊世界。

1996年9月，万爱花应日本两位开明政治家——参议院议员田英夫（1923—2009）和日本众议员土井多贺子（1928—2014）邀请，在东京、神户、广岛、冈山、大阪登台作证，轰动日本。

这位身高仅1米47的中国农村大娘，不再怕日本人，她成了日本右翼最怕的人之一。

1998年10月，万爱花与赵润梅、杨秀莲等16名受害者联合向日本东京地方法院提起诉讼。

这是一场不对等的战争。一边是几位风烛残年、不识几个字的老大娘，一边是整个日本政府。

历时8年，三诉三败。这给了老人重大的打击。

为了安慰老人，日本市民团体"查明山西省内侵华日军性暴力实情·与大娘共进会"（简称"山西省·查明会"）为她们出了一本刊物，名字是中文《出口气》。

"我们就想给大娘们'出口气'。"团体负责人石田米子教授对我说，她们每年都要来山西访问万大娘这样的幸存者，记录口述历史。

但"出口气"，延缓不了大娘们生命的凋零。

"我知道，日本人不承认这个错误，就是要拖，拖到我们都死掉。所以我不能死！"万大娘生前，多少次这样说过。

2011年3月，万大娘脑梗病情恶化，医院连续下过两次病危通知书，医药费告急。石田米子她们赶来，送上了日本"3·11"大地震后艰难筹集到的全部款项。6月时，万大娘再次病重，援助也断绝了。我和公益组织共同呼吁，792名网友为万大娘捐款，解了燃眉之急。

那时我才真正意识到，许多年轻人并不了解历史证人的现状。抗战老兵的救助已经成星火燎原之势，而无数日军性暴力受害者仍在孤苦、贫困、屈辱、歧视、沉默中逐渐离世。

一位日本人在给万爱花的信中写道："您为了真正的中日友好，

不畏艰难而勇敢斗争着。我们对此表示崇高的敬意。日本政府现在仍抱着对过去侵略罪行不负责任的态度，孤立于亚洲和世界。对于您的奋斗，我们无比感激……"

2013年8月末，当时把万大娘送上救护车的山西省慈善总会朋友告诉我，万大娘身体不佳。我隔空祈祷。9月4日，九一八爱国网站长吴祖康先生告诉我，凌晨0时45分左右，万大娘在山西太原住处离世，享年84岁。

万爱花大娘的斗争，直到生命终结。

她没有遗言，我们却全都知道她的遗言是什么："我是证人，不能死，死了也不放心，死了也不会闭眼……"

在羊泉村的追悼会上，金色的香炉旁供着雪白的大馒头、火红的苹果。旁边贴着一张字迹飞舞的《万爱花生平》。

白纸黑字上，第一行出生信息下面，就是"1992年出席日本东京日本侵华战争受害者听证大会"，丝毫没有提及三次被抓虐的经历。

这位曾写下"还我尊严"四个大字的女性，终于得到了最后一次尊严。

男性篇

『二战』日军强掳劳工问题

历史,活着

一、六十多年前，中日之间的那一艘船

2015年，是日本人发起的"二战"中国死难者遗骨归国62周年。62年前，有一艘轮船，从日本驶向中国。

"1953年，就是在这个季节，船出港了。"在东京，一位瘦削的白发老人喃喃地对十多名中国青年说道。

很多人不知道，在新中国和日本的外交史上，这艘船有着破冰的地位。老人名叫町田忠昭，生于1928年1月26日。他是当年运动的亲历者。

20世纪40年代，生离死别

1942年9月，中国山东东平湖西边。

人多势众的日本兵端着上了刺刀的枪，刺刀上系着太阳旗，相隔10米的间隔排开，齐声大喊着，朝着惊慌失措的中国平民慢慢追逼过去。

"日本兵抓住15~50岁的男的，就用绳子绑起来。我们大队（约1000人）大约有300名中国人被抓。"现在年届八十的幸存劳工李良杰老人说。与他同样被侵华日军掳走、在日本各地被压榨的4万名中国劳工，如今只剩下约700人。

"这也被称为'逮兔子'作战。"日本市民团体"'二战'日军强掳中国劳工思考会"1991年7月25日的第6期会刊、1994年9月1日的19期会刊中均有记录，"二战"后回国原日军老兵民间组织"中国归还者联络会"成员小岛隆男作证，讲述了"劳工狩猎作战"的经过。

"日本兵不会记录抓来的中国人的名字，有的中国人直到被杀，都不知道名字。这种情况不局限在强掳劳工的时候，发生在整个侵略战争中。"小岛隆男说。他于1998年2月3日去世，享年80岁。

原日军军官小山一郎，在他的回忆录中也证实了"抓捕劳工"的事实。

1942年11月27日，在日军国主义政府内阁会议上作出了《关于引进华人劳工问题》的文件决议。如今公开的档案上盖着"极密"，左边是东条英机及以下阁僚的签名盖章。

当时在中国的日本大使馆、总领事馆、当地的日军、对日本唯命是从的汪伪政府及军队等共同实施了"抓捕劳工"行动，以中国华北地区为中心，强行抓捕中国平民。

他们的年龄从11岁到78岁，大多数是20~49岁的青壮年，15岁以下的童工有157人，60岁以上的老人有248人，其中70岁以上的还有12人。为避免使用会受到战时国际法律保护的"俘虏"称呼，日本人称他们为"劳工"。

他们被押送到日本本土，在35家企业的135个工业作业点进行集中营式的高强度劳动。其间，日本多地形成了埋葬死难中国及朝鲜劳工的万人坑。

河北、山东是重灾区。仅山东高密一地，就有1000多人被掳，一个村就有20多个家庭陷入绝望和破碎。

李良杰被日本兵抓走时，才14岁。他们在塘沽等待被运往日本，每天都被日本兵打，一天只给两个玉米面窝窝头吃。"很多人喝不上水，只好喝别人的尿，连牲口都不如"。每天3匹骡马拉车运死尸，"来来往往，像流水一样往外拉"。

后来他和500多个劳工被日军塞进大船，经大连、旅顺、朝鲜，走了7天7夜的海路。"我亲眼看见，有的人生了病，被日本兵直接扔进海里活活淹死，不到一天就死了十来个人……"

李良杰等297名中国劳工被分派到福冈县三井煤矿。"我们这297人，不到1年就死了56个。"李良杰说。

"那时候我被编成6号，日语叫'咯苦棒'，他们一喊'咯苦棒'我就走上去，上去就给我一巴掌！还不能躲，我一躲，一棒子就打下来了。翻译拦住了，又跟我讲'你们亡国啦……'我说'不可能！不可能……'"

有时日本翻译看李良杰小，也会和他"讲道理"。"他就说：'我们是太君，你们是苦力、是奴隶，奴隶不能不听太君的话……'"李良杰一字一句地回忆道。

从塘沽走的劳工，一人发了一件单衣、一件棉袄，从其他地方被运走的人甚至只发了两身单衣。

"只有单衣的人，冬天怎么办？我们那时没有棉被，发毯子，我每天就看到他们把毯子往腰上一系，把脚缩到裤管里，还有人系水泥袋子的，他们就是这样过下来的！"北京昌平的农民赵宗仁在日本度过了两个冬天，而冬天最冷的时候也从来不停工。

1944年11月，14岁被抓到日本的他被推下船，第一次踏上了日本的土地。此后一年煤矿的生涯，让他以为："我再也回不到祖国去了，一定会死在这里的！"

他们先在福岛县熊谷组矿山，1945年到了长野县，5月到北海道北见市置户村，一直坚持到8月日本宣布投降。到组后，衣服都烂了，半截腿露在外面。

当时两个中队共有400名中国劳工，住在一间大平房，分上下两层铺，一层睡200人，和电影《美丽人生》中的德国集中营一样。

除了中队长、小队长，大部分劳工从来没有洗过澡。但臭味在屋里待不住，因为它是通风的。可怕的是，这一点在冬天也不变。接近零摄氏度的气温，在只有单层松木板的大屋里，没有任何保暖措施。"没办法！日本人就给你这个地方！"

"我们一批136个人，病死了10个。最惨的是有一个得了疥疮，我们都住在一起，听他那个痛的，太惨了。根本没有任何医疗措施，什么也没有，爱死就死呗。"还有一个老头，还能动弹，就被抬起来送去火葬场烧了。

有一个同胞是事故死的，赵宗仁至今记得。当时运矿石用的是四个轮子的"轱辘马"，装满矿石推上轨道。矿山工地高处有卷扬机，会把满载矿石的轱辘马拉到山顶，再放下来。

"那天中午,我们吃完饭走着去工地,中间要过独木桥,轱辘马和人都从这儿过。那天他们走过时,轱辘马就冲下来了,撞了两个。其中一个抬走两三天就死了。"赵宗仁甚至无从知道那人的名字。

在矿山,每天天不亮就起来,点灯吃早饭。工人要抬每块都重达几十斤的花岗岩,当时14岁的赵宗仁总落在后面,就会挨打。他已经无法得知自己是工作到几点,只知道晚饭都是黑暗里点灯吃的。

三餐吃的都是黑麦子拌大米糠的馒头,每顿一个,大约三两重。对于每天工作10小时左右的矿工来说,显然是吃不饱的。"大米糠太难吃,饭一端出来啊,满屋子都发酸。"时隔60多年,赵宗仁一提就紧皱眉头,满脸皱纹都缩起来了。

据美呗当地历史学者白户仁康先生查实,美呗的大量中国劳工因"营养失调、全身衰弱"而死。此外,死于胃肠炎的劳工占了24.8%。

这样的情况下,就没有人逃跑吗?

"我们老家的农民,就少有逃的,有人是被俘的八路军,就逃。"赵宗仁说。

刚到福岛时,14岁的赵宗仁曾目睹过脱逃中国人被抓后的一幕。"逃的八路就被逮回来打。"打完了浑身鲜血淋漓,在矿工中午吃饭的半小时里,拉到矿工面前示众。当这个双手反绑、奄奄一息的同胞站在那里示众时,全体矿工沉默着,没有人说一句话。

"那时候能说什么呢?"赵宗仁侧过脸去,"你说什么也没用,也不敢说。"

半个小时后,这个人被拉走了,赵宗仁再也没有看到过他。后来他听工友说,这样的人大概被押到札幌去了,那里有个牌子会写着"不良劳工"。

在中国被掳劳工中,口口相传着"山东出了个刘连仁"。

刘连仁被抓到日本北海道空知管内沼田町的煤矿劳作,是一个成功脱逃的"传奇"。他跑到深山老林,冰天雪地里生活了整整13个年头。北海道气候寒冷,一年有8个月下雪,能正常活动的只有4个月。他只有身上的衣物,也无法向外求援。

这13年中,每年冬季刘连仁住哪里?他挖一个雪洞,像熊一样潜伏起来。

刘连仁吃什么?吃的是树叶、树皮、野草、虫子。看到树上好像有鸟,就爬树去抓。"等爬得老高,手掏进窝里,一抓——嚯!出来一条蛇!当时吓得他就跌下来了。这一摔,脚骨折了。"李良杰说。

可就是这样,刘连仁活下来了。直到战后数年,他被当地人当做"雪人怪兽"发现,得以回国。2000年他去世了,安息于中国的土地上。

据中国人殉难者名簿共同编制会执行委员会《劫掳中国人事件报告书》记载,日本侵略者仅从1943年4月至1945年5月,共抓捕41 758名中国人。到抗战胜利,其中9644人死亡。三菱矿业集团12个作业点强掳奴役的3765名中国劳工,只有2990人回国。

与400多位死难者骨灰共眠的东京和尚

被掳劳工遗骨的发掘,是从1949年夏天开始的。日本多地均发现了万人坑。最早的发掘者是住在花冈的朝鲜人金一秀,华侨和日本友人也发起了遗骨发掘运动。东京运行寺的住持菅原惠庆师父参与了发掘,"推开黏湿的泥土,拾起一片片遗骨"。

1950年11月,秋田花冈矿山416名中国殉难者的遗骨,被送到东京。秋田县知事提供了400多个骨灰盒,留日华侨同学会的青年们负责护送。

人们在东京浅草地区的本愿寺举行了追悼仪式。

"那是史上第一次为中国死难劳工举行的追悼会。"70多岁的亲历者、华侨林伯辉老先生告诉笔者,"寺里的警察有300多名,外面还站了400多名,可以想见当时的紧张状态。在新中国和日本还未建交、'冷战'将要开始的恐怖气氛下,他们坚持为中国人祈祷。"

所有遗骨,都放在菅原惠庆师父的运行寺。这座寺院的昵称更加有名:"枣寺",和中国深深结缘。

1942年,菅原惠庆曾到中国的净土宗名寺——玄中寺拜访。当时的玄中寺已经荒废,只有一棵枣树。于是惠庆就把枣树的种子带回日本。他请日本画家横山大观来画这棵枣树,横山大观说:"它可以作为中日友谊的桥梁,你们寺就叫枣寺吧!"

当时的寺院在战火中被完全烧毁了,僧侣们刚刚建起了三间不满10平方米的简陋房子。一间做客厅,一间做佛堂,另一间就摆放骨灰盒。住持惠庆就睡在400多个骨灰盒边上,直到几年后送还中国。"当时骨灰盒大约占据了整个房间的一半。"町田老先生回忆说。

继任住持菅原钧师父24岁时入寺的第一件工作，就是誊写花冈殉难烈士名字的名簿。在枣寺主佛的左侧，安放着木制的"病殁华人灵牌"，主佛的右侧是山西省玄中寺赠送的1400多年前的佛像。

牌位是中空的，里面装着416个死难中国同胞的名字。穿着僧袍的现任住持把牌位的顶盖拿掉，一倒，8块跨越60年的木片就落在眼前。

"在木牌上写上所有劳工名字的，是菅原钧的妻子菅原夹子，也就是惠庆住持的女儿。当年，在天天被日本特务跟踪的情况下，她还能静下心来，写下了每个人的名字。"华侨林伯辉介绍说。

在东京枣寺，劳工遗属第四代骆勐拿起牌位内胆里珍藏的木片，找到自己外公的姓名。

1953年2月17日,中国人俘虏殉难者慰灵实行委员会成立了。菅原惠庆师父是首任负责人。

自此,遗骨送还运动正式展开了。那年3月,花冈、小坂、尾去泽等日本东北地方的遗骨集中到了东京,是横滨中华学校的学生、华侨、日本和平友好团体的工作人员从上野车站把遗骨捧送到浅草本愿寺的。

那一年,时年25岁的町田忠昭还是早稻田大学文学系的一名学生。

他回忆,送还遗骨遭遇了日本国内的巨大阻力。当时正值朝鲜战争爆发,美军占领下的日本与中朝处于敌对状态。存放遗骨的运行寺被看做是"亲共反美"的,承担了极大的风险,当时菅原惠庆的夫人去买菜,都有人尾随跟踪,甚至常常有生命危险。

2004年6月30日,町田忠昭追忆20世纪50年代的送还中国战争殉难者遗骨运动。张国通摄

1953年3月20日，新中国开来的第一艘船到达了日本舞鹤港，它是来接留学生和在日死难同胞遗骨归国的。

同时，这艘船送来了第一批战后滞留中国的日本人，他们被称为"归国者"。谁也想不到的是，这群人很快加入了日本反战和平人士的斗争，成为了重要的"生力军"。

当时，"松川事件"的被告也赶到了舞鹤港欢迎。

"松川事件"是指，1949年8月17日凌晨3时许，日本福岛县境内东北干线松川至金谷川路段的上行旅客列车脱轨翻车。司机等3名乘务人员死亡，旅客30人受伤。次日，吉田茂内阁未经调查就诬指为工会所为，趁机迫害工会和日本共产党，以列车颠覆致死罪起诉国铁工会会员10人、东芝松川工厂工会会员10人。

（后来，1950年福岛地方法院初审，判处被告全部有罪，其中10人死刑。1953年仙台高等法院复审，判处17人有罪，3人无罪。但社会上普遍认为罪名并不成立。1959年日本最高法院否决原判决，将该案退回仙台高等法院。1961年仙台高等法院判处全体被告无罪，1963年日本最高法院予以确认，日本政府只得向原被告支付7625万日元的赔偿金。——笔者注）

这些刚下船的日本"归国者"因为没有工作，收到了日本政府为数不多的补偿金，但他们纷纷从中慷慨解囊，少的拿出了100日元、多的拿出了1000日元，捐给"松川事件"的被告。

这吓了町田忠昭他们一跳："真伤脑筋！归国者是还不知道现在日元有多值钱吧！"

但这些经历了新中国成立的日本归国者告诉他们的同胞："松

川事件,让我们再次警惕日本军国主义、法西斯主义的复活。因此,虽然我们也很穷,一双袜子都要夫妻替换着穿,还是会全力捐款声援!"

町田忠昭回忆,这些日本归国者"眼里充满了希望,朴素踏实,都被各方争抢着邀请开座谈会。女青年也都有不亚于男性的朝气蓬勃,走在路上,一看就知道是'归国者'。他们带来了新中国的新闻,给了我们很多快乐。"日中友好协会设立了归国事务协会,这些中国青年马上加入其中。

"因为当时中日还没建交,日本政府不同意送还遗骨。当时我们的想法很简单——最起码要送还殉难者的骨灰。那些大人物不同意,那我们就静坐抗议!"町田忠昭说。青年们原本打算带着骨灰一起静坐,但是,菅原惠庆住持坚持不肯把骨灰交给抗议示威者。"因为住持说,决不能让死难者的骨灰被政治利用。"

最后,中日年轻人一起在日本国会前彻夜静坐示威。当时25岁的热血青年町田忠昭加入了静坐行列。

1953年6月,日本政府终于批准,同意让中国死难者遗骨回国。

6月19日晚9点,第一批即将回国的华侨和遗骨即将登上火车。日本"归国者"们、日本各民主团体、华侨总会、在日的朝鲜各民间团体代表都来送别。

但现场的情况让他们大吃一惊。

町田忠昭回忆:"日本战败,东京又经历了空袭,火车站破破烂烂的,很多客运、货运列车都烧掉了,所以坐火车是很不容易的。日本政府以此为理由,打算把华侨和遗骨全装到货车里。"

当时看到这个情况，无论日本人还是中国人都很气愤。华侨、朝鲜人群情激愤："日本人真不要脸！这是干吗！"有一名日本"归国者"青年跳上站台的高处大喊："我们从中国回来的时候，中国政府特别地给我们准备了卧铺列车！用餐、医药、一切都张罗齐全。就算是冲着回报这份厚待，回中国的人也不能坐货车回去！"作为组织者的"归国者"也被愤怒的人们包围了。

愤怒的"归国者"们首先跳下了站台，坐在铁轨上不动，唱起歌来。人们也纷纷涌向他们，一起高声合唱。支援"归国者"的日本三大民间团体——日本红十字会、日中友好协会、日本国民救援会，马上和东京火车站站长交涉，要求增派客车。不断有人轮班去问和铁路部门交涉的进展，把最新消息带回给静坐者们。

町田忠昭回忆，约夜里10点，社会活动家、后来参加反美"安保斗争"的田中稔男来了："现在安排了两辆从品川出发的列车，我会负责送到品川，请送行的现在都回去吧！"

对此，归国者们回答道："这是想糊弄我们吧，我们要求品川的车来这里，不然一步也不动！"

谈判持续到了第二天凌晨2点多，铁路工人花了很大力气把车调配过来，客车终于进站了！人们欢呼起来。终于，劳工骨灰也"坐"上了客车，前往关西的舞鹤港。

目送列车开出的人们，以为自己的"战斗"到此结束了，没想到只是开始。

"我们宁愿跟骨灰一起被炸沉!"

多名亲历者告诉笔者:"当时,在舞鹤港,遗骨和护送团将坐信安丸号船去中国。当时正处于朝鲜战争时期,台湾当局发出声明:如果护送团里的中国青年和骨灰同船回中国,他们将把船击沉。"

事发突然,信安丸号只好停在了原地。6月20日,中国青年开始静坐,要求登船。"日本各地的广播、新闻都在播报,甚至都不报朝鲜战争的新闻了,遗骨送还运动成了大事。"

在东京的町田忠昭也听到了广播。当时,日本很多年轻人都跑到港口,声援中国青年。"从东京去那里,来回车票要1000日元,但当时的学生连100元都拿不出来,募捐来的钱根本不够往返。最后,我打电话给勤工俭学时认识的工友,好多朋友一起凑了2000元。"

最后他和知名反战人士山田善二郎一起到达舞鹤港,看到中国留学生对着守着港口大门的警察说:"我们不是犯人,没有监视的必要,出去!"晚上,他们在驻地的宿舍二楼,继续讨论华侨和回国三团体代表到底坐不坐回国的船运送遗骨。

同行的还有日本红十字会等团体,他们也害怕有生命危险,想说服中国青年不要随船前往,日中友好协会的理事也劝说:"从政府的角度看,保障不了你们的安全。"

但爱国华侨坚决表态:"一定要把同胞遗骨送回去!这是一艘负重的平民船,我们相信不会受到攻击。就算万一要炸我们的船,我们宁愿跟骨灰一起被炸沉!"

25日,山田、町田和中国留学生朋友去附近的馆子张罗了一顿送别宴,度过了难得的轻松一刻。"炎热的 6 月中午,啤酒入肚,沁人心脾。约莫能看到舞鹤港被青山环绕,延绵的山脊起起伏伏。"

静坐坚持了整整 7 天。当时正值酷暑,不断有人生病倒下。"到了 6 月 27 日,我们差不多快到极限了。这时候斗争才成功了。"

这是历史性的一刻。

为了安全起见,遗骨和护送团的中国青年还是"兵分两路"。中国青年直奔天津,而死难者遗骨则是送到神户港,延后几天后才由"黑潮丸"号送到天津。

"1953 年 7 月 2 日,第一批骨灰送还团出发了。18 个成员里有 10 名日本人,1 名朝鲜人,7 名中国人。"在 2013 年 7 月 2 日的追悼会上,日中友好宗教者恳话会会长持田日勇回忆说。

"日中友好宗教者恳话会"成立于 1967 年 5 月,他们多次收集并送还中国"二战"期间在日死难劳工的遗骨,曾受到周恩来总理的高度赞扬。

7 月 7 日,"黑潮丸"号轮船抵达天津塘沽港。港口接还骨灰的,是著名的无产阶级革命家廖承志。当月,他被选为团中央书记处书记、全国青联主席。在现在天津的抗日殉难烈士纪念馆里,还保存着当年廖承志先生手抱劳工骨灰的历史性照片。

根据随团人员的回忆,后来,日本国民救援会会长难波英夫问廖承志:"在你们看来,我们今后应该做什么?"

廖承志回答:"谢谢你们!虽然日本军国政府的滔天罪行还没清算,你们作为民间人士,送回骨灰就足够了。"

当年,"80 后"青年骆勐的外曾祖母收到了过世丈夫的骨灰,当时就昏倒了。醒来时，一边耳朵就失聪了。

据持田日勇回顾，到 1964 年，总共有 9 批遗骨送还团从日本出发，共送还了大约 3000 多具遗骨。由于许多死难者被埋在一起，难以准确统计人数。

1953 年 8 月 18 日，在东京枣寺，町田忠昭亲手将 612 具中国死难者的遗骨送上了灵柩车。

和他一起送遗骨的是松川事件的相关人士菊池武和日本国民救援会的西村君子。每个装有遗骨的瓷器都安放在木盒里，盒上写着名字，再用白布包起来。日本青年把白布挂在脖子上，一个人一次只抱一个骨灰盒上车。

"我把骨灰小心翼翼拿到房间门口，另一个人把骨灰搬到车前，再一个人搬上车。我不禁在脑海中想象起这些不幸的人活着时候的样子。白木箱子上刻着他们的名字，'丰''福''瑞'三个字最多见，都是祝愿名字的主人幸福的，但这个愿望却不可能实现了……一个一个的骨灰重量不同，沙沙作响，仿佛 612 具遗骨在被杀的时候传出的呻吟声，激起了我对日本军国主义的愤怒。"町田忠昭回忆说。

那天晚上，他们乘着灵柩车到了东京火车站，在有限的条件下举行了简易的祭奠仪式，把骨灰盒送上了车，安放在许多市民团体敬赠的花圈中。列车出发，将遗骨送往京都舞鹤港，再从那里送他们回祖国的土地。

"从日本的习惯来说，抬骨灰的必须是亲人，但我当时也感到中国人非常亲切。我当时把这个盒子当作自己死去的兄弟、家人，请他小心慢慢走。盒子很轻，但对我来说是一生的记忆。60 多年了，我现在依然这么觉得。"老人笑着告诉我。

1993年6月29日,卢沟桥中国人民抗日战争纪念馆举行了"二战"中国被强掳劳工的最重要历史事件——花冈事件的展览(关于花冈事件,后文章节详述),天津抗日烈士纪念馆举行了慰灵祭奠活动。时年65岁的町田忠昭从日本赶来,全程参加。"越过高山大海,我又在遗骨送还运动的终点天津,和几十年前送回的中国死难者遗骨面对面,是我人生最大的幸福。"

有一次送还遗骨,是由菅原惠庆住持护送的。住持登上了天安门城楼,和毛泽东主席见了面。

"毛主席对我祖父说:你为了送还中国人遗骨非常辛苦,我们想答谢,送什么好?我祖父就说:不需要送什么,但是我们信佛教的净土宗,贵国的玄中寺现在荒废得不成样,希望中方修缮恢复寺庙。毛主席爽快答应了,才有了今天的玄中寺。"枣寺现任住持菅原侍告诉笔者。

这座寺院实践了画家的预言,成为了"中日友好的桥梁"。在枣寺的墙上,就挂着著名佛教领袖、书法家赵朴初给惠庆住持的亲笔信。

从1952年起,历经半个多世纪的春秋变幻,运行寺的住持已更迭两代,但对中国烈士的供养从没间断过。直到今天,枣寺的三任住持都坚持每天为中国死难者祈祷。正堂里,还有郭沫若、赵朴初、廖承志的亲笔书画。

惠庆住持给3个儿子起的名字,连起来就是"玄中寺"。他去世时,遗愿是"把骨灰埋在能看到玄中寺全景的地方"。枣寺把遗愿告诉了中国佛教协会,"在中方的帮助下,惠庆住持终于埋在了玄中寺山上。"

町田忠昭当时不会想到,他们争取到的这一艘船,还促成了新中国使者的第一次访日。

1954年,新中国和日本尚未建交,中国红十字会代表团访问日本,就是为了答谢日本人的送还遗骨活动,并祭奠死难者。

带队团长是当时的中国红十字会会长李德全(冯玉祥夫人),副团长是廖承志。

11月2日,他们在东京浅草东本愿寺,参加了中国人俘虏殉难者全国总慰灵祭。这个仪式从1950年开始,几乎每年都坚持举行,一直到中日恢复邦交的第二年才中止。

"回过头去看,当时的遗骨送还运动不是孤立的。"町田老人说,"在20世纪五六十年代,日本人民的整体情绪是反对《旧金山对日和约》和《日美安保条约》的,热爱和平的人们也互相声援。"

2013年7月1日,中国劳工死难者遗属到达了足尾铜矿。从1944年10月到1945年8月,仅10个月,这里许多中国劳工死亡,幸存者在1945年12月才回国。

"日本战败后,有3个月时间,足尾铜矿的中国劳工就帮助当地的日本劳工组织工会。其实当时日本劳工也是欺负、奴役中国劳工的,但战后反而是中国人支援了他们。这种国际主义,在当时是多么可贵。"町田回忆起来,依然激动。

1946年,足尾当地日本劳工终于成立了工会。在成立大会上,他们唱的《国际歌》不是日语,而是中文。因为这是中国劳工教会他们的。

"对于他们……作为一个日本人，我简直无话可说，衷心佩服。足尾虽然偏远，现在依然有一个非常大的追悼碑，就是为了表达对中国人的谢意。"

而在大馆市的花冈矿山，1966年5月，日本友人通过募捐，在山坡上建起了高大的"日中不再战友好碑"。碑名由第九次中国人殉难烈士遗骨送还团团长、日本众议院议员黑田寿男题写。碑的侧面，刻有郭沫若的题词："发展传统友谊，反对侵略战争。"

对比鲜明的是，加害中国劳工的企业——鹿岛建设公司也在压力下建起了"华人死殁者供养塔"。实际上，我在现场看到的，只是一个极其简陋的水泥墩。

据长期记录这段历史的摄影师张国通回忆，1990—1994年，鹿岛公司多次提出要拆掉这个供养塔，但花冈受难劳工坚决不答应。

李德全的第二次访日是在1957年的12月。他们亲赴花冈，向殉难劳工鲜花悼念。

2009年，在东京举行的中国被强征劳工死难者追悼慰灵活动上，时任中国驻日大使的崔天凯出席活动。

崔天凯在致辞中说："数十年来，以日中友好宗教者恳话会和中国被强征劳工死难者共同慰灵执委会为代表，广大日本友人和在日华侨怀着道义与良知，为搜寻、挖掘和送还死难劳工遗骨付出了巨大的心血。这一义举曾受到周恩来总理的高度评价。"

二、鲁迅的好朋友

指针拨回 1953 年,青年町田忠昭在大学里不认识中国朋友,原本也不了解中国受害者的真相。

他为什么愿意为中国人挺身而出?是因为一个人。

这个人叫鹿地亘,日本著名反战领袖、进步作家。他和夫人池田幸子,抗日战争时在重庆发起成立了"在华日本人反战同盟"。他们是鲁迅的好朋友,和宋庆龄也有交往。

"原来我们不是来'东亚共荣'的!"

町田忠昭生于 1928 年的日本。懵懂的幼年时期,就是日本侵华时期。

"二战"中后期,日本已不堪战争重负,农业和矿业生产都跌入低谷。妇女、十几岁的小孩都被迫成了"壮劳力"。日本儿童要读 6 年小学、2 年高等小学,然后进入专门的农业学校读 3 年。日本军国主义政府从中招募农业、矿业、军工的实习生,日语称为"家内劳动"。

13岁的町田忠昭进入了农业学校。

读二年级的时候,老师通知同学们:"你们将有3个月的农业支援实习,目的地只有两个选项:是去中国东北,还是去北海道?"

"不是家里人想让我去,而是谁不去就必须要退学,就要强制性进工厂。当时的国家在强制性管理每个日本人的将来,所有人都必须选。"町田忠昭老人到天津拜谒烈士陵园时告诉我。

町田忠昭出于"小孩子爱冒险"的心理,在志愿栏上填写了:"满洲"(即日本侵占中国东北后建立的伪满洲国政权)。

当时东条英机内阁的农林大臣是井野硕哉(1891—1980)。此人在1945年9月11日被作为甲级战犯嫌疑人逮捕,但此后竟被释放,1959年又重新被起用,成为岸信介内阁的法务大臣。井野硕哉当时在山梨县北杜市建立了大面积、机械化的国营集体农场"八岳修练农场"(日语:"八ヶ岳修練農業")。

这里有的山地上梯田,根据当地气候,海拔800米以上,粮食作物就难以生长,但这里的海拔在1200米以上,年幼的农学生必须每天从早到晚搬石头开荒。

町田忠昭要去的,正是"八岳修练农场"的伪满洲分部。

1943年,日本各县7所农学校的100多个孩子组成了农学生队伍,每校选派20来名。町田忠昭和同学们从枥木市宫田町的港口出发,经停朝鲜半岛的港口。

跨越国境后,两名日本宪兵上船来检查。宪兵无视面前的儿童,面色阴沉地交谈:"朝鲜人真是怎么杀也杀不完!一直搞独立运动……越杀越多……"这把町田忠昭和同学们吓得不敢出气,直到宪兵走了才大喘气。

这给了少年绝大的冲击,成为小忠昭心中"反战"的起点。

老人告诉我:"从过去到现在,日本的历史教育都很少提及自己犯下的罪恶。现在的日本历史教科书关于"二战",讲的都是东京空袭和原子弹爆炸,不会讲南京大屠杀和重庆空袭。日本当时的教科书里也都是'大东亚共荣',那时的我们也被洗脑'日本是神的国家,亚洲各国人民都很幸福',也不知道日本侵略其他国家的真相。但实际上却是宪兵讲的这样?!我没想到朝鲜人宁可牺牲生命也要和日本抗争,也对自己国家的所作所为产生了疑问。"

在伪满洲国登陆后,农学生队伍在哈尔滨住了一晚。当时哈尔滨瘟疫流行,他们看到了倒在街边的瘟疫病人,"手、脚、脸都溃烂了,大声哀嚎,却无人理会"。

"在日本,瘟疫病人会被专门隔离治疗,也不会传染人,日本和伪满洲国的国民待遇差别太大了。我以前以为'大东亚共荣'应该象征着各国平等,但实际上却一点都不平等。"

到了住地,接待他们的日本侨民紧张地叮嘱这群学生:"晚上非常危险,千万不要出门!日本人喝醉了走在路上,就会被中国人打死的!"

町田忠昭这下醒悟了:"原来我们不是来'共荣'的,原来无论在朝鲜、满洲,大家都恨日本人!"

第二天,他们坐上火车向北,车厢里全是跳蚤臭虫。日本少年们穿着制服,"一眼就能看出来是日本人"。中国乘客经过时都偷偷瞪他们,町田忠昭听到有乘客轻声说:"呸!"

列车一路向北，经过绥化，到达了小兴安岭南麓的北安县。如今的北安市，是隶属于黑龙江省黑河市的一个县级市，属于季风控制下的寒温带湿润气候。

北安的"八岳农场"虽然有机械，但也有需要大量人工的时候。每年春播、秋收的三个月，就该招募日本学生做免费劳力了。町田忠昭赶上的，正是秋收。

"我当时 14 岁，实在受不了。"

每天早上 4 点起床，去田里干重劳动到 7 点，才能吃早饭。"食物非常少，因为日本农民都被征兵走了，日本严重缺乏劳动力，所以朝鲜半岛的粮食都被运去供给日本本土，在朝鲜吃白米反而成了违法。"

农学生的日子，颇有些像知青在北大荒的"上山下乡"。

"土豆在寒冷的地方长得好，日本本州种出来的只有小碗口大，在黑龙江种出来的就是海碗大。日本的杂草只有膝盖高，在东北则有一人高。"一大清早，学生们站成一行，老师一声令下，孩子们弯下腰，竞走似地往前狂砍，一直要走一公里远。杂草根部很硬，为了砍得快，孩子们都学会了取巧，拣着柔软的叶子和茎部砍，从远处看似乎是砍干净了。但农场的日本老师走近了检查，就大发雷霆："这算什么！从根部重新砍！"

农场的老师上课教如何开拖拉机耕地，半个月后，半大的日本孩子就上拖拉机，在麦田里转圈了。拖拉机收割过后，20 多个孩子们一拥而上捆稻梗。他们也曾一整天在脱壳机跟前搬运大米和谷壳。

400公顷的田地要派200个学生,"一个小孩平均要做七户日本农家的活"。

他们要一直干到太阳落山。每间宿舍有3米宽、30米长,中间是过道,两边铺位睡着50个孩子。"蛾子和苍蝇特别多,脸上和腿上都肿得要命。"养猪的学生就必须要住到猪舍里去照顾,老师为了以身作则,自己就先去猪舍睡。

当时生水是喝不得的,但学生们太渴了,喝了全都感染细菌,得了"赤痢",町田忠昭也不例外。

他一天拉肚子20来次,后来都拉血了,没力气了。医生就吓唬他:"你这样回不了日本,要死在这里了!""年轻的生命力是很惊人的,我当时一点都不想死,拼命吃、拼命干活,病慢慢地好了。"

1943年10月,町田忠昭离开北安县时,田地都结霜了。

"我去了趟伪满洲,最大的收获就是确认了'日本是在侵略他国',同学们也都这么想。"最后毕业的时候,谁也没有再报农业志愿。

战争末期,町田一家住在长野的农村。他们没直接遭到空袭,但是经常看到美军飞机轰隆隆地飞过去。每天晚上也要"灯火管制",整个村庄陷入漆黑,谁也不敢大声喧闹。

战争结束时,不少日本人哀叹"天皇神国坠落了、破灭了",但对町田忠昭来说是:"得救了!战争终于结束了!因为这一代的同龄人都快要20岁了,不用去服兵役了!晚上点灯也不会被轰炸了,亮堂堂的,真好!"

老人告诉我,喜悦不能宣之于口,不然就会被当成"非国民"歧视对待,但心里真的特高兴,"一下子笼罩的黑云全都消失了"。

战后，町田家的大哥町田勇退伍回来了，家里田地不够，就让町田忠昭去东京找工作。

时值抗美援朝战争期间，美军的大量军需供给依赖于日本生产。町田忠昭进了一家罐头厂，"从早到晚都是做鱼肉罐头，耳边一直回荡着切铁板的声音"。

而这时，日本的高等教育正是百废待兴的局面。"二战"中，日本全民被强制征兵，大学几近废弛。于是，"还想学习"的罐头厂工人町田忠昭，考取了早稻田大学文学部的哲学系。"我觉得战争让日本的军国主义发展哲学全部破产了，所以就想找新的价值观。"

出乎现在很多人意料的是，当时他入学考试的作文题是马克思的《资本论》。早稻田大学录取了一半的考生，每个人都能去上填报志愿的学科。

比他大3岁的哥哥町田勇，1945年在广岛附近的军港服役。原子弹爆炸后，町田勇随队被征调去广岛支援。回来后，无论弟弟怎么追问，他都绝口不提在广岛看到的一切。

过了十年，町田勇才告诉弟弟："广岛是地狱。"

他们赶到广岛时，已经是原子弹爆炸后的第三天。高架电线上、树梢上挂着不少人体内脏、半截胳膊、人腿，已经开始腐烂，他们只好拿竹竿挑下来，再拿到河边去焚烧。那种人体腐烂、焚烧的臭味，烧了变成灰，飘浮在空气中，无处不在。

"无论再厉害的画家怎么画广岛惨象，那种气味都是画不出来，也无法形容的！"町田勇说。

"小学生的我也曾因为南京大屠杀，提着灯笼跟着大人上街庆祝，现在回想起来，羞愧不得了！"町田忠昭告诉我，"我们都在无数人的牺牲之上活着。历史的审判是最厉害的审判。"

"在中国反战的最勇敢的日本人"

鹿地亘是谁？如今的中国年轻一代里，可能没几个人知道了。但在60多年前的抗日战争时期，他可是赫赫有名。

他本名濑口贡，东京帝国大学毕业，与中国作家冯乃超同期。他积极参加日本无产阶级文艺运动，是日本无产阶级艺术联盟的骨干人物。1933年他被选为无产阶级作家联盟成员，后来成为日本无产阶级作家联盟负责人之一。"九一八"事变后，他发表了许多反战言论，因而受到日本军国主义的迫害，日本政府于1927年逮捕了他，1935年才获释出狱。

1936年1月，他和夫人池田幸子秘密转道青岛辗转上海，开始了他在中国的抗日反战宣传斗争。在上海，他由内山完造先生介绍与鲁迅先生相识，两人一见如故，后来成为至交。

抗战期间，鹿地亘一面用文学形式提倡和平、反对战争，一面致力于7卷本《大鲁迅全集》的编译工作，翻译《野草》《热风》《坟》《华盖集》《续华盖集》《而已集》《二心集》等。

抗日战争爆发后，他辗转于1938年2月经广州抵武汉，受到200余中外人士的热烈欢迎。

这200多中外人士都有谁？

不妨列举几个可能太过熟悉的名字：著名的救国会"七君子"领头人、新中国成立后任中国民主同盟中央主席的沈钧儒，周恩来夫人、时任国民参政会中共方面参政员的邓颖超，文学家郭沫若，美国记者、作家和社会活动家史沫特莱……

1938年，在中国第二次国共合作一致抗日的背景下，鹿地亘受到中国国民政府的聘请，作为顾问参加军事委员会政治部第三厅的对敌宣传工作，对日本战俘进行反战教育和训练。他还组织了"反战同盟工作队"，亲自率队赶赴前线，对日军进行宣传工作，收到很大成效。

由鹿地亘编导的三幕话剧《三兄弟》，1940年3月8日在桂林向中国公众公演。剧本是反映日本觉醒青年的反战剧，是由日军俘虏出演的，这在中国还是第一次。著名文学家、翻译家、社会活动家夏衍将全剧译成中文，在《救亡日报》（桂林版）连载，《新华日报》也载文介绍剧情和演出盛况，在抗战大后方引起轰动。

1945年，毛泽东赴重庆与蒋介石谈判期间，曾由周恩来陪同，单独接见了鹿地亘夫妇，作了长时间的交谈。毛泽东称赞日本反战朋友的出色工作，感谢他们为中国人民神圣的抗战作出的特殊贡献。

抗战胜利后，鹿地亘于1946年6月回到日本，致力于日中友好活动。

回国以后，他的境遇如何呢？我国国内鲜有关注，而町田忠昭老人的回忆录，却明明白白记载了他亲历的一个没有硝烟的战场。

1951年，回到日本的鹿地亘因为结核病住院静养，七根肋骨做过手术。但在疗养期间散步时，他突然被美国驻日秘密情报机关抓捕，音讯全无，甚至家人也不知道他的生死。

直到一年多以后的1952年12月6日，他被拘禁的事件在各大新闻上曝光，震惊日本全国。第二天，鹿地亘突然被释放。紧接着第三天，他委托了猪俣浩三律师，向全世界宣告："我要状告美军非法监禁！"

鹿岛事件发生时，町田忠昭还是早稻田大学的大学生。

他和鹿地亘的相遇，正是在非法监禁事件之后。1994年10月1日，町田忠昭写成了日文回忆录。

"1952年12月9日，自称曾任苏联间谍的男子三桥正雄向警方自首，12月14日，日本警方宣布三桥和鹿地曾见面六次。这是试图转移视线，冲淡人们对'美军非法监禁反战人士'的高度关注。"他在回忆录中说。

鹿地亘是中日友好协会的理事，协会义不容辞，成立了"鹿地山田救援会"。其中的"山田"是指山田善二郎，他当时在美军驻地帮佣，也长期受到驻日美军的歧视，是他想方设法从美军秘密机关传递出鹿地亘的口信，冒着生命危险进行营救。

中日友好协会在早稻田大学有一个"隐形分支"——早大的"中国文学研究会"。1952年12月17日，协会邀请岛田政雄和鹿地的父亲濑口真喜郎，到早稻田大学进行演讲。

早大中国文学研究会的青年出于义愤，提议成立了"早大救援会"，每天派两三个大学生轮流到鹿地家值守，一是帮助募捐活动；二是为了保护鹿地亘的人身安全。町田忠昭当时并不是研究会成员，却决定参加。

1953年1月22日,"保护人权大会"在东京涩谷的公共集会堂召开,猪俣浩三律师和山田善二郎就鹿地事件演讲。

当时町田忠昭正是台下听众中的一员。他回忆,当时猪俣浩三谴责:"美国以及日本警方指使三桥正雄,称鹿地亘是苏联间谍,这是荒谬的。当今日本并没有'间谍罪',间谍的污蔑只不过是军国主义时代遗留的胡乱猜测。"

山田善二郎则给町田忠昭留下了深刻印象:"他被大家称为'爱国者',说话时显得特别真诚,全身心地希望新时代的到来。"

1953年1月29日,天气犹寒,作为"早大救援会"一员,町田忠昭第一次来到鹿地亘府上。和他同行的是早大中国文学研究会的金井君。

鹿地亘去上厕所,经过两名大学生的房间,轻松随意地问候了他们。这是町田忠昭第一次见到这名著名的和平反战民主人士。

"他被美方抓捕后曾经试图自杀,当时身体虚弱,面色很苍白。可以看出他从小受过很好的家庭教育,眼神非常清澈真诚,脸上带着几分寂寞神色,但谁看了都对他心生好感。我想,这就是在中国全力反战的最勇敢的人?说实话,从他文弱淡定的外表上真是看不出来!同时,我也下定决心,要尽全力参与救援。"

临近中午,鹿地亘13岁的女儿晓子放学了,一回家,就待在父亲的房间。鹿地亘被捕时,偷偷写下了给女儿的遗书,山田善二郎偷带出来公开发表了。现在父亲竟然活着回来了,女儿一刻也不愿离开。"我们大家看见他们俩和乐融融的样子,打心眼里高兴。"町田忠昭回忆。

保护和平领袖的人们,陆续站了出来。

1953年2月9日,町田忠昭参加了日本众议院第一议员厅举行的"鹿地事件真相发布会"。当日的议长是日本社会党左派的众议院议员田中稔男。

山田善二郎登台公开作证:"我在美军特务机关看到了警署的斋藤警官、田中警视总监和神奈川县知事内山出入,还看到了三桥正雄。"

鹿地亘的妹妹也来了,她宣读了医学界权威北鍊平博士的诊断书:由于鹿地亘病情严重,需要二级静养,也就是每天顶多看书30分钟,不可能被传唤出庭。这也是对鹿地亘的保护。因为鹿地被指控为"苏联间谍"三桥正雄的同谋,被法院要求作为证人出庭。

2月10日,警署派来的佐藤医生到了鹿地亘的家门口,要为他进行强制诊断。守护鹿地亘的人们拦住他,质问道:"难道北博士的诊断还不够权威?你们没有法律上的依据!"佐藤医生只好无功而返。《朝日新闻》等日本大报都评价,这是一次对日本警视厅的有力反击,"民主主义向前迈了一步"。

2月11日,鹿地亘的主治医师遊佐医生家里,被气枪打破了窗户。救援会认为这背后是受人指使的,第二天,町田忠昭跟着山田善二郎,一起去警察局抗议。"让我印象很深刻的是,山田善二郎递上名片时,警局工作人员为了保留名片上的指纹,特别小心翼翼地接过。"

京都之行

到了 1953 年 3 月，日本民间的"全国拥护和平大会"在京都举行。町田忠昭作为山田善二郎的护卫随行。3 月 3 日，山田善二郎出发去京都。4 日晚，町田忠昭从朝日印刷厂拿了 1500 本新鲜出炉的《鹿地事件真相》宣传册，夜里 11 点 30 分坐上了东海道线。

3 月 5 日，两人在京都会合，商议了要在大会上做三件事：

第一，日本众议院法务委员会将在 3 月 10 日召开，他们要针对"美军非法监禁鹿地亘"，要求"法务委员会对美方抗议、要求美方道歉"。为此，他们要在大会上收集尽可能多的联署签名；第二，希望大会的和平人士能买公益的宣传册，以此筹集保护鹿地亘的资金；第三，散发募捐传单。

那一天，也是和平人士山本宣治的 25 周年忌日。他因反对日本军国主义的《治安维持法》，于 1928 年被杀害。

上午 10 点，在时任日本劳农党委员长的左翼领袖大山郁夫（1880—1955，1951 年获苏联颁发的国际列宁和平奖）的带领下，町田忠昭他们还前往了京都宇治的山本墓前祭奠。

下午，他们前往了鸭沂高中。在这所高中，已经挂上了"山田善二郎先生要来了！"的条幅。町田忠昭介绍说："这里的学生是全国最有进步性的，学生会也是学生自己独立运营的。"山田善二郎在学生会厅发表演讲，听众近千人。

随后，京都大学民主主义科学协会的会员来车迎接，山田善二郎、町田忠昭又马不停蹄地赶往京都大学座谈，京大青年学生也热情地联署签名。

下午5点半,山田善二郎、町田忠昭提着宣传册,来到了元山公园。

一天的高潮即将到来,"全国拥护和平大会"就要在这里召开。休息室人满为患,喧闹不已。京都大学、同志社大学和立命馆大学的青年学生们帮着町田忠昭,散发了声援鹿地亘的签名用纸。

七点左右,大山郁夫到了。昭和年初,大山郁夫和河上肇一起成立了日本劳农党,大半辈子都在为日本的和平民主运动奔走。

演讲在元山公园的露天音乐厅进行,一直下着细雨。大会的演讲团,对当时的日本和平反战运动来说是"明星云集":大山郁夫、立命馆大学校长末川博、左翼政治家堀真琴、国民救援会副会长难波英夫……

町田忠昭记录了大山郁夫的演讲,他们大概都想不到,穿越大半个世纪,京都夜晚的激昂演讲能变成中文,落到中国年轻人的书桌上:

"目前日本全国都在进行电力限制,在所有产业领域都很普遍。但事实上,我认为电力不足的根本原因是驻日美军的电力占用!"

"根据我的调查,驻日美军及其家庭、军需工厂使用的电量占日本总用电量的73%,政府给予他们最低价优惠。比如,根据行政规定,每一千瓦电每小时4.5日元,驻日美军只需出0.55日元,其家庭只要1日元。而支付最多的是日本中小企业和普通老百姓,他们要支付8.16日元。对电力的公共性造成最大损害的就是驻日美军!我们要求驻日美军马上撤退,这对和平的经济来说是最必要的！"

大山郁夫还说："有些人不相信两个世界有可能和平共存，他们正是战争的挑起者！今天，我们祭奠逝世已25年的山本宣治先生。在那个黑暗的时代，他相信未来，相信民众，我们对他致以深深的敬意！"

九点左右，大山郁夫演讲结束，马上又赶往宇治（京都地名）进行下一场演讲。山田善二郎因为一直兼任保镖，很累了，就没有再去。"我们都服了大山先生的斗志。"町田忠昭回忆说。

接下来是立命馆大学校长末川博登台。他微微前倾，倚在演讲台上，自信、富有磁性的声音流淌在安静的会场上。他强调："和平，是我们的骄傲，学术界的骄傲，日本的骄傲！"

虽然时值三月，京都比叡山下的晚上依然寒意浓重。5000多名听众拿着报纸垫在湿漉漉的凳子上坐下，打着伞，一直在雨中坚持到10点会议结束。签名声援鹿地亘的纸也都弄湿了，有不少墨迹和水渍。

第二天，他们继续启程，去往和歌山、大津、奈良、伊贺、上野等地继续募集签名。列车路过大阪时，报童卖起了《每日新闻》的号外："斯大林逝世！"町田忠昭想起了《钢铁是怎样炼成的》中列宁逝世时的场面。

1953年3月10日早上4时3分，町田忠昭带着沉甸甸的声援签名，回到了东京。当天下午，他就赶到了东京的华侨会馆，开始参与中国死难劳工遗骨送还运动。

这之后的事，我们已经在上一章节看到了，下面，还是让我们回到日本人的反战和平运动上。

当时,像京都大会这样的反战集会层出不穷。比如,几天后的 3 月 18 日,山田清三郎、山田善二郎、町田忠昭赶往大阪。因为战后的混乱,后两人连座位都没有,疲惫的山田善二郎在散落着香蕉皮的地板上睡着了。

3 月 19 日,他们聆听了大阪的和平演讲集会。

町田忠昭印象最深的是,关于日本政府重整军备,当时日本法学界的权威学者、早稻田大学教授戒能通孝批判说:"第二次世界大战中,据说日本军队每杀一个人要花费一千万日元军费。在这次战争中,日本国内的损失达到 20 兆日元。如果没有这个损失,国民收入恐怕会是现在的三倍!大家看看,战争是多么愚蠢!"

在之后回程的火车上,町田忠昭见到了戒能教授。听说他是早稻田大学的学生,这位教授大笑着说:"怎么来这么无聊的学校啦?如果是我,宁愿在家自学。老师讲的话可错不了!"町田忠昭也笑了:"公立大学都成了寄生虫,建学的精神都忘了。"

3 月 20 日,和鹿地亘相关的三桥间谍案宣判,三桥正雄被判 4 个月刑役。

呼吁营救中国战俘的日本人们

同时,这群日本人,还做了一件现在人难以置信的事情——营救抗美援朝战争中的中国、朝鲜俘虏——战争还在进行中,他们就试图从后方营救"敌国"、非建交国的俘虏。

1953年3月21日，被尊称为"爷爷"的日本知名反战和平人士奈良孙盛、山田善二郎、町田忠昭参加了京桥公会堂的"国民平和大会"。

　　主持人用"民族英雄、爱国者"来介绍山田善二郎，他走上演讲台，却反复说："我不是英雄，只不过是一个做了该做的事情的平凡人。"

　　在讲述了鹿地亘的救援经过后，他说："今天一定得告诉大家一件重要的事。在朝鲜战争中，驻日美军机关里关押着不少中国志愿军、朝鲜战俘，要求他们背叛祖国，强制对他们进行间谍训练。"他呼吁："虐待俘虏是人类上最深重的罪行，在远东国际军事法庭上也是判得最重的，日本反战人士应当共同营救中、朝战俘。"

　　1952年开始的多方停战会谈陷入僵局的原因是，中方和朝鲜主张按照《日内瓦公约》关于战俘遣返的原则，双方全部遣返俘虏，以美国为主导的联合国军主张所谓的"自愿遣返"。山田善二郎说："就在几年前，美国以正义和人道之名占领了日本、惩罚了战犯，但却在日本犯下日军犯过的罪行，这是多么讽刺！"

　　此言一出，整个会场瞬间陷入了死寂，有的活动家不断摸着下巴，有的面色苍白。但这并没持续多久，很快，巨大的掌声响起，山田善二郎的呼吁获得了全场一致赞成。山田、奈良孙盛、町田忠昭很快从会场后门离开了，"以防万一发生"。这一在日本国内看来过于"激进前卫"的呼吁，绝大多数日本媒体都不予报道。当时，谁都不知道朝鲜战争什么时候结束，能为"敌国"战俘呼吁的日本人，是少之又少的。

从此开始，为了安全起见，山田善二郎就单独搬到了其他地方去住。

町田忠昭回忆，在三桥间谍案审理过程中，早稻田大学中文研究会为中心的鹿地·山田救援会长期值班守卫鹿地家、护卫山田善二郎，还进行募捐活动，无力顾及中文研究会原来的研究会。学生们又有经济困难，有人犹豫、退出，甚至也出现了怀疑"鹿地亘会不会真是苏联间谍"的学生。

3月23日，町田忠昭决定，召集中文研究会的同学，表态说："现在是非常危险的时期，守卫的工作暂时由我一个人来做。这么长时间以来，大家辛苦了！"

他在回忆录中写道："这样的解决方法当然会引起非常大的误解，但我也做好了心理准备，为了收拾残局，只好这么做。"

鹿地亘先生的家附近也常有便衣警察转来转去，恐惧和紧张在静悄悄滋长蔓延，他断过的七根肋骨康复情况也不好。

在1953年3月下旬的一天傍晚，鹿地亘悄悄转移了。町田忠昭亲眼见到，那一天，鹿地亘穿上和服，戴上墨镜，鸟打帽低低扣在头上，头发也染色了。

护送鹿地亘的是奈良孙盛。町田忠昭回忆："那天夜里11点左右，'爷爷'（指奈良孙盛）回来了，他躺在六个榻榻米大的房间正中央，说：'要是有人敢来就试试看！让我代替病人死吧！'"说完他就仰面大睡，还打起鼾来。

从此直到当年8月重新"出山"，鹿地亘的行踪都是一个谜。

4月1日，中国劳工遇难者遗骨的慰灵祭在枣寺举行，鹿地亘托人带来了书面致辞，山田善二郎也来到现场，呼吁营救还活着的中国战俘。

4月3日，日本警方的长井警部带着一名部下来了，要求见鹿地亘，结果发现只有町田忠昭一个人在鹿地家等着，便只好走了。"真是荒唐可笑。"町田忠昭评价。

4月7日，山田善二郎参加了在共立讲堂的"日朝亲善大会"，继续呼吁营救中国、朝鲜俘虏。他们开始筹备"和平亚洲守护人权会"（原文为"不戦アジア人権を守る会"）。町田忠昭记得，"守护人权"这四个字是日本国民救援会的左翼社会活动家难波英夫（1888—1972）提出的。他也一直为"松川事件"的工人们奔走。

同一天，在町田忠昭留守的鹿地亘家门口，有人砸来一块石头，大门上的木头花纹都被砸掉了。

3月30日，周恩来总理就发表声明指出，为尽早实现停战，中朝政府共同研究后一致建议：谈判双方应保证在停战后立即遣返其所收容的一切坚持遣返的战俘，而将其余的战俘交中立国，以保证对他们的遣返问题的公正解决。

町田忠昭回忆，听到这个新闻的奈良孙盛说："这次真的会停战吧！"当晚，他和山田善二郎、町田忠昭、加藤平八连夜讨论，认为他们能做的只有在日本国内外引发巨大的舆论关注，除此之外别无他法。加藤平八是漫画家加藤芳郎的弟弟。4月13日开始，他们印刷了4万张传单，跑遍东京散发传单。

4月17日，"和平亚洲守护人权会"的反战人士聚在东京的众议员会馆，进行了抗议活动。其中有大量左翼社会活动家，包括正准备参加众议院议员选举的候选人青柳盛雄（1908—1993），他是松川事件的辩护律师，后来当选为日本共产党中央委员。

町田忠昭回忆，他们在青柳盛雄的带领下，准备前往 GHQ（General Headquarters 的缩写，系盟军最高司令官总司令部——笔者注）、美国大使馆、吉田茂首相府，亲手递上抗议书。给美军司令的抗议书上写着："克拉克将军收。"（1952 年 5 月，李奇微接替艾森豪威尔担任驻欧洲盟军司令，他在朝鲜的职位由马克·韦恩·克拉克担任。——笔者注）

"我们做好了全体被捕和被机关枪指着的心理准备。"他们把白布染红，上面写着"放还在日的朝鲜战争俘虏"的大字，分坐着 7 辆租来的车出发了。所幸，他们所到的三处，都由工作人员接收抗议书，并未发生直接冲突。

町田忠昭至今仍清楚地记得，1953 年 4 月 29 日的晚上。

"那天晚上，我们正在鹿地亘先生的家里留守。收音机里放着美国黑人歌手玛丽安·安德森的黑人灵歌。中途进来的奈良孙盛先生也赞赏地听着。"

这首歌结束后，就是 9 点的新闻播报："公安部门认为鹿地亘有违反电波法的嫌疑，已对其发出逮捕令。"

一听这个消息，奈良孙盛便匆匆离去，留下町田忠昭和加藤"在令人害怕的气氛下"。4 月 30 日，劳动节的前一晚下了小雨，加藤准备了 30 多个标语牌。

5月1日国际劳动节，天朗气清，他们在日中友好协会集合，借了一辆小车，参加了神宫外苑的劳动者大集会。人们挥舞着红旗歌唱，举着各自的标语行进。游行路线中，离盟军司令部最近的是法政大学前的广场。町田忠昭他们在那里对每一个游行者呼喊："我们要去司令部要求释放中国、朝鲜战俘！请加入我们！"

等所有人都走过去了，他们招呼着聚集起来的人们一起到司令部门前抗议，但并未得到任何答复。一切努力看似都成了"泥牛入海"。

5月11日晚上六点，意想不到的新转机出现了。是一个年轻学生带来的。

町田忠昭记得，当时日中友好协会的人们都回家去了，只有他一个人在整理文件。这时，一个年轻的学生出现在门口："请问这是日中友好协会吗？听说这里有'和平亚洲'的活动？"

"是啊，有什么事吗？"町田忠昭反问。

学生回答说："其实我是从大山郁夫老师那里来的，老师最近正要去欧洲参加世界和平理事会，在18日前，请准备好关于战俘问题及鹿地事件的资料吧，我会再来取的。"

町田忠昭马上意识到，这是将战俘问题国际化的绝好机会。"那一晚，我、奈良孙盛先生、山田、加藤、濑口五人商议决定，无论如何都要赶出一份可以带到法国去的新闻特刊。"

自5月12日至17日，町田忠昭写出了呼吁释放中朝战俘、鹿地亘的长文，得到了奈良孙盛的认可，曾任《读卖新闻》总编的铃木东民[1]进行了最后的润色修改。

许多左翼人士也共同参与了整个"特刊"的撰写制作。町田忠昭去请来了日本美术学会的金野新一,画一幅鹿地亘的肖像画。但他并没有见过鹿地亘。17 日,金野新一带来了一位画家朋友,两人一起熬到很晚,边听山田善二郎的描述边画。

当时,日本国内气氛紧张,左翼反战人士预料到哪家出版社也不敢接这"烫手山芋"。山田善二郎去拜托了大山郁夫,拿着日本共产党中央指导部田中松次郎的名片,再和出版社交涉,才争取到了印刷的可能。

在 5 月 18 日的送别会上,山田善二郎做了让町田忠昭印象深刻的一席发言:"战俘问题将左右朝鲜休战会谈的命运,而这个问题的中心现在在日本。我们要向联合国提出这个问题,向全世界呼吁,最终解救战俘。这是国际无产阶级的任务!"

而另一边,大山郁夫要求的"18 日准备好资料",无论如何印刷是赶不上了。5 月 22 日,他就将前往欧洲,而另一边,左翼人

---

1 1945 年年末发生在《读卖新闻》的骚动,让工会组织获得对报纸编辑的实际控制权,报纸内容出现一定的社会主义和共产主义倾向。当时的《读卖新闻》社长马场恒吾对此强烈反感,遂于 1946 年 6 月发布公告,决定开除编辑局长铃木东民。此举再次引发巨大争论和骚动。在此前的骚动中,CIE(Civil Information and Education Section 的缩写,系日本民间情报教育局)坚定地站在工会组织一方,支持报社的民主化;而在此次骚动中,CIE 则站在工会组织的对立面,转而支持马场社长,报社最终在 10 月解除了铃木东民的职务。引自山本武利:《日本媒体的战争责任:不彻底的清算》(下),赵新利译,载《中国社会科学报》,2015-03-18。

士却拿不出印刷费来。

该怎么解决这个危机？

此前，町田忠昭向学生时代的朋友借了5万日元投进了运动里，这次紧急时刻，他再次"化缘"来了1万日元，"其他朋友也借了3000日元给我"。5月20日，《社会时代》的记者齐藤也赶到印刷厂，帮町田忠昭通宵修改版样。"印刷厂的工人们受到外界高压，过着最底层的穷苦生活。我们也看得出他们明显很累了，但他们还加快速度，和我们一起彻夜加班。"21日上午，校订完成。22日，印刷完成。

那天的傍晚，大山郁夫带着町田忠昭他们新印出来的百份"特刊"、相关的书和小册子，奔赴羽田机场。

亚马孙雨林一只蝴蝶翅膀偶尔振动，也许两周后就会引起美国得克萨斯州的一场龙卷风，也许不能。无论如何，我们很难想象，那年，有一群日本人为了坚持信仰，为了素不相识的人，竟如此甘冒风险。

"青萍之末"的左翼活动家们，也都是穷得叮当响。7月5日，奈良孙盛等人一起做总结，一共"攒"下了30万日元的赤字。其中，町田忠昭借来了8万日元。

7月17日，日本进步艺术家、画家内田严逝世。在他7月初已奄奄一息时，町田忠昭还收到了内田严寄来的问候信，随信寄来1000日元，"你们太艰苦了，随信附上，不成敬意！我很担心山田君（注：指山田善二郎）的家人！"

内田严的告别仪式上，播放了《国际歌》、苏联民谣《劳动歌》："青年们，前进吧，大家前进吧！爸爸能给孩子留下什么宝物？做个强大的男子汉，这就是劳动之歌，青年们，前进吧，大家前进吧！"

"忆往昔峥嵘岁月稠"

1953年的整个夏天，鹿地亘都不见踪迹，也未被逮捕，日本政府有关部门终于表态："如果鹿地亘出席日本众议院法务委员会的听证会，就不予逮捕。"

8月3日，鹿地亘结束销声匿迹的"地下生活"，在律师猪俣浩三家现身了。

鹿地事件的最高潮终于来了。8月4日，在听证会上，鹿地和三桥正雄展开正面对质。那天，旁听席都爆满了。山田善二郎和町田忠昭坐在离鹿地很近的随同看护席上。鹿地戴着白色的鸭舌帽，穿着白色的衬衫、白色的运动鞋，着装轻便，见到他们就露出了笑容。

听证会一开始，鹿地亘的开场白是："我今天带着病出席，是为了亚洲人民，也是为了和美帝国主义对决。"他简述了监禁生活，三桥称鹿地指使他传送谍报，鹿地则表示"一点也不知情"，双方各执一词，争论不下。

8月5日，山田善二郎等多名证人被传唤出席发言。8月7日，日本众议院法务委员会做出了鹿地事件的最终裁定结果，但用词模糊，称"有非法监禁的嫌疑"，这引起了一些民主人士的抗议和不满。鹿地亘马上又被朋友们送去住院了，鹿地事件也不了了之。

此后，鹿地亘主要精力放在著述上，写就了《日本士兵的反战活动》《我在"抗日战争"中》等书。"抗日战争"是我国的常用名词，而日本人不会这样称呼"二战"太平洋战场中国战区，而鹿地亘敢于在日本出版这种标题的书。

1982年7月，他在连载"二战"日本人反战同盟的回忆录中去世，享年79岁。患了不治之症的奈良孙盛老爷子在床上对町田忠昭说："大家都要谢幕了。"两个月零十天后，他也辞世了。

町田忠昭老人引用了毛泽东主席的著名诗词，来怀念他们的离世：

"携来百侣曾游，忆往昔峥嵘岁月稠；恰同学少年，风华正茂；书生意气，挥斥方遒。指点江山，激扬文字，粪土当年万户侯。"

"这首诗堪称绝唱。鹿地事件发生在1952年到1953年，'忆往昔峥嵘岁月稠'，我也有很深的感慨啊。回想起在战争中活下的日子，真是'心事浩茫连广宇'（注：引自鲁迅诗《无题·万家墨面没蒿莱》）。朝韩战争中在日本的反战运动、今日难以想象的跨国联合斗争、在日华侨的回国、送还中国死难者遗骨等，都不是国家政府间的外交，而是互为敌国的巨大困难前提下的民间交往。那段时期，有许多足以被称为'日本民族的灵魂'的优秀人物，现在大多数都已经作古了。这些事也没多少人知道了，我作为亲历者，能准确地记下来，还是颇为自得的。"

他把回忆录送给鹿地亘的女儿看，她作为亲历者，看了不忍送还。他给后来历任日本国民救援会副会长、会长的山田善二郎送一份时，山田善二郎也说："你的记性太好了，我算服了！"

"对我个人来说，这终身难忘的经历是我一生的回忆，充满友情的青春岁月，我的'峥嵘岁月'。"町田忠昭老先生说。

鹿地事件后,他依然长年坚持参加反战和平活动,1965年曾去冲绳参加反对美军基地的和平抗议活动。

1966年,他结婚了,妻子是在社区里的"青年学习会"上认识的。"等我们人到中年,我的同学们好多都有了豪车、别墅,也到处去玩,妻子也老抱怨:你怎么这样想干吗就干吗?但是她也一直默默支持我,从一而终了。"老先生笑着讲这件事。

几十年间,町田忠昭说自己"一次也没想过放弃"。

"每个人都说这太危险了,不要干了,但是我说不危险。因为我力量的根源是正义,正义在我们这边。如果右翼分子对我们使用暴力,那么一追究原因,历史的真相就会在大众前展现出来,到底还是对右翼不利的。所以他们也没这么做。"

2013年5月,清华大学刘江永教授来到了町田家。墙上挂着中国新兴木刻运动的先驱、著名版画家刘岘的版画,上面写着"町田先生雅正"。"在中国,这一幅可是价值不菲。"刘江永教授说。

刘岘先生(1915—1990)是我国著名的第一代版画家,参加了鲁迅先生指导的新兴木刻运动,战前在日本留学,回国后投身抗日救亡运动,曾获得毛泽东主席的赞赏与肯定。1988年,他再次

町田忠昭老人带笔者到东京枣寺住持菅原惠庆的墓前。

访日，并和町田忠昭结成密友，送了他好几幅版画。

但85岁的町田老先生，还在公园做着时薪1000日元的园丁。一周两天，一天6小时。他笑着形容自己是"万年苦力"。

他谈起战后的历史，就会满口丘吉尔、开罗会议、尼克松、斯大林……我笑着说："还是请多讲讲您自己。"他说："不，这就是我身边的事！"

现在，町田老人委托刘江永教授，想在他去世前把所有刘岘的真品画作捐献给中国。

"我做这些，没有回报。妻子也会抱怨，认为我改变不了世界。但我觉得，这是日本人的宿命、使命、任务。我不这样做，就觉得人生没有意义，不是为了别人。我想到中国就变得健康了。只有这样，我才能活下去。"老人对我说，语气依然有力。

三、一座日本城市 60 多年的祭奠

在日本，有一个城市分外不同。

它叫大馆市，位于日本东部的秋田县。

"二战"中，这个城市的军警、市民曾经残酷地虐杀过中国劳工。现在，这里的人们坚持祭奠死难的中国人，反省战争罪孽，已经持续 60 多年了。

从 28 年前开始，大馆市成为日本全国第一个，也是唯一一个坚持市政府出资、主办反战和平祭奠活动的城市。它的史册，是一部传奇。

华人暴动，在日本帝国主义大本营

在反法西斯侵略历史上，"花冈暴动"被每个中国劳工高声说起。

暴动的带头发动者是中国劳工耿谆，河南襄城县人。

耿谆老先生字信庵，生于 1915 年，于 2012 年 8 月 27 日以 97 岁高龄离世。

在抗日战争中，他参加了著名的忻口战役、中条山战役和豫中

会战等对日军的抵抗作战。1944年5月,作为国民党上尉连长的耿谆率部参加惨烈的洛阳保卫战,战斗中,腹部等部位受伤,不幸被日军俘虏。

1944年8月至次年6月,近1000名中国战俘及平民在日本秋田县花冈町为日本企业鹿岛组做苦役,耿谆被任命为劳工大队长。

被押送到花冈矿山的中国人里,有国民党也有共产党。比如后来幸存回国的王敏。1944年农历四月,共产党员王敏在河北省深泽县甄家庄执行抗日任务时被捕。

"当时日军登记时,我父亲化名张开化。因为他是共产党员,还是游击队小队长,当时已经是第二次被抓了。被捕时,他就以为脑袋要开花了,所以叫'开化'。"王敏的女儿王红告诉我。

当时,作为日本国内屈指可数的铜矿,花冈矿山在军需产业中地位很重要。

但花冈矿山的风光背后,中国劳工则是"被侮辱与被损害的"。他们穿着单衣、草鞋,在冬天零摄氏度的河水里,做十五六个小时的苦役,吃的是只有两个拳头大小的橡子面窝头。遇难劳工薛同道只因为在路上捡了一个苹果核充饥,就被日本监工围殴致死。

劳工耿谆是这些中国劳工的大队长。依据他的证词,"粮食黑得像土,硬得像石头,吃后人人腹痛、泻肚,有时一天之内,竟有四五人死去。"身边的难友经常"走着走着就倒下了",再也没起来。

甚至,"人吃人"的惨剧也被迫发生。

有一天,几个难友把专管火化尸体的李担子推到了耿谆面前:

"队长,把这个丧尽天良的家伙打死吧!"李担子也哭着跪了下来:"队长,把我活埋了吧!我不是人,我不如一条狗!"

原来,李担子在火化难友尸体时,偷偷割了一块半生不熟的人肉,用破布包住,偷吃充饥。"听着李担子的哭诉,我心如刀割。这是他的罪过吗?这都是日寇逼出来的啊!"耿谆回忆,他只能扶起李担子,告诫他以后不能再这么做。

更侮辱中国劳工的是,日本人将他们居住的破房以革命先驱孙中山命名,称为"中山寮"。

笼罩在"亡国""奴隶"的绝望之中,花冈的中国劳工没有倒下。

1945年6月30日夜,在耿谆等人的领导下,他们发动了"花冈暴动"。参加暴动的有中国共产党地下干部、八路军战士、国民党军官、伪军士兵,更多的是普通农民、工人、教师、学生、商人……他们打死日本监工,集体逃往附近的狮子森山。

"当时他们小队986个人,耿谆数了数,能动的、还有力气的只剩200多个。秋田是什么地方?那是日本帝国主义的大本营啊!200个手无寸铁、骨瘦如柴的中国人,就敢在他们窝里闹!"李良杰激动地说。

当时耿谆向起义劳工喊出的口号是,"不求生,求雪耻!"

"这次抗暴斗争是一次自杀性斗争。他们事前约定,严禁暴动侵扰日本老百姓,还放过了两位好心的日本监工,并决定如果失败就一起投海自杀。"旅日华侨中日交流促进会秘书长林伯耀介绍说。他长期推动劳工战后维权工作。

依据史料,震惊的日本警方出动两万军警围捕。第二天,中国劳工全部牺牲或被俘。

接下来,大馆市的共乐馆广场上,血案上演。奄奄一息的中国人被反绑双手,跪在铺着尖利石子的广场上,没吃没喝地跪了三天三夜。如果跪得不直,就被毒打。甚至一些日本平民也向他们砸石头。

最后,被强掳到花冈矿山的979名中国劳工中,418人惨死,史称"花冈惨案"。

领头的大队长耿谆被判处死刑,后改判无期徒刑,其余12人被判有期徒刑。后因日本投降,他们才幸免于难。

在《花冈事件》一书里,中国抗日战争史学会会长白介夫评价,花冈暴动是"世界反法西斯战争史上具有重大历史意义的事件"。

"我们日本人必须要知道,日本军国主义给中国人民带来了巨大的灾难,那时的灾难,现在已成为中国民众很难愈合的心灵伤口。花冈惨案就是其中之一。"著名中日友好人士、曾任日本国会参议员的田英夫曾如此写道,"这个事实是无法否认的,也不允许逃避。我们应该有勇气正视这个历史事实。"

抗战胜利后,几名被解放的劳工留在日本,参加了横滨B级、C级战犯军事法庭,出庭作证日军暴行。1948年3月,法庭分别判处6名战犯——鹿岛职员和警察死刑或有期徒刑。

这一系列史料,现在被展览在花冈河畔的一所原木屋里,紧邻着劳工当年的工地。

日本民间团体"花冈「蜂起」問題にこだわる会"1990年10月5日发行的小册子封面。

一个男孩和一座城市的反思

2013年6月28日，23岁的王洋洋踏上了大馆市的土地。这是他第一次来到日本。

"我是非常坚定反日的。你看我全身上下有一件日货吗？"这个学舞蹈、穿着时尚的年轻人说。

他对日本的反感和愤恨，不只来源于书本和抗战剧。他的爷爷王振瑞，当年就差点死在大馆市的花冈矿山。

但当他离开日本时，这样告诉笔者："这次来越来越感到，当年的日本人也算是人吗？难道他们打在人肉上，不会难受吗？但是我也发现，也有很好的日本人。看这些老先生真是不容易。"

2013年6月29日，在大馆市政府会馆等着他们的，是一个瘦高、略微谢顶的日本人。他叫谷地田恒夫。他戴着眼镜，走路要拄着拐杖，停步的时候却总是站得笔直。

1945年，谷地田恒夫还只有5岁，住在大馆市附近的一个小村庄。

花冈暴动发生时，不断从矿山传来的枪击声，"像惊雷一样"，给5岁的孩子留下了深刻的印象。

谷地田恒夫家附近的葡萄园里有个猪圈，躲在那里的中国劳工，还是被警察搜捕出来了。"我当时在大人们的身后，清楚地目睹了这一幕。"

他至今清晰地记得，1945年8月日本无条件投降后的一天，妈妈在厨房切菜，忽然抬起头来。外面传来食品降落伞投放的"呼呼"声，妈妈赶忙放下菜刀跑了出去。他也跟着去拿降落伞。

当时日本已经无条件投降。有中国劳工也去拿降落伞，却被全村人绑起来殴打，一边骂着"抢过罗！"（音译，当时日语对"中国人"的蔑称，意义类似"支那人"——笔者注）

"当时，我也跟着其他小孩一起欢呼拍手，用石头砸了中国劳工。"2013年，已经73岁的谷地田恒夫坐在我对面的沙发上，平静地回忆道。

如今，他是当地市民团体"花冈和平纪念会"的副理事长，每年都要组织"6·30"花冈中国殉难者祭奠大会。

直到高中二年级，谷地田才第一次"进城"，到了花冈。他是骑自行车来听日本著名作家武者小路实笃的演讲。

当时，他一点也不知道花冈事件，更不知道很多中国人死在他听演讲的地方附近。

1959年，19岁的谷地田恒夫家里困难，再也无法支撑他的学业了。念到大学二年级的他回到家乡，当了邮递员。

在1914年，谷地田先生母亲出生的那一年，秋田县的工会组织成立了。在当时日本政府统治下，活动往往遭到警察的阻挠和镇压。但工会还是成为了后来当地左翼运动的源头。

"对农民和矿山的人来说，工会活动已经进入了生命中。"谷地田恒夫说。工作后，他自己也参加了工会，长期担任日本劳动组合联合会大馆协议会事务局长（相当于大馆市的工会组织负责人——笔者注）。

他工作的邮局就正面对着共乐馆广场。但他依然不知道花冈暴动。

"和同事前辈吃饭喝酒的时候，人们自然就会随便地聊起战争经历，比如说谁去中国参过战，负了伤，用便盆吃过饭……但都不是什么严肃的谈话。"

最后，他是偶然在朝鲜人卖酒的店铺里，第一次听说了花冈事件。

这震惊了年轻的谷地田，在他心中，不亚于原子弹爆炸："作为工会会员，我知道东京、广岛、长崎有反对原子弹运动。那花冈也发生了重要的中国劳工暴动事件，为何花冈不做和平运动？"

从1952年开始，大馆人每年为死难中国劳工举行追悼大会等各种纪念活动。谷地田恒夫是这个过程的亲历者。

"20世纪50年代开始，大馆市当地的和平运动主要是工会发起的。一开始我们是以劳动者生活改善为中心，然后发展到和平运动。"

谷地田恒夫在给大馆市民普及"花冈暴动"事件。

1963年,在花冈町的十濑野公园墓地,在日本朋友的宣传募捐下,高大的"中国殉难烈士慰灵之碑"树立起来。碑的背面铭刻着每一个殉难者的姓名。每年的6月30日,追悼大会就在碑下召开。

1969年开始,29岁的谷地田恒夫开始宣传花冈事件。之后每年6月30日一大早,他登上中国劳工逃亡过的狮子森山,为大馆人讲解这段历史。

他没想到,这一干,就坚持了44年。

登山的工会成员平均在20~50人规模。"20世纪90年代,有一年的'6·30'下雨,我等了半天,只有一个人来。年轻的工会会员平时答应得很好,最后却都推说有事来不了。我真的很生气,想明年绝对不干了!但是到了第二年,又有四五十个人来了。"

大馆市正式把"花冈暴动"的6月30日定为"和平纪念日",是从1985年左翼的社会党市长畠山健之郎开始的。

畠山健治郎先生生于 1936 年，1979—1991 年连任大馆市市长。"二战"时期，他的父亲就在花冈矿山从事矿物质研究，他从小也总目睹中国劳工被残忍虐待。"6·30"花冈暴动时，中国劳工就是从畠山健治郎家旁边的路上逃往狮子森山的。

当时说服市长的人之一，就是谷地田恒夫。"作为左翼市长，他选举必须有工会的支持。而作为工会组织的负责人，我以组织为后盾，向市政府提出了市民要求书。市长也毅然开了这个先河。"

"我认为，中日友好是要建立在具体行动的基础上，我进行的就是具体的行动。"谷地田恒夫说。

1980 年，谷地田恒夫去参加本地青年们的聚会，发现大部分的青年听说过"花冈事件"这个名词，但是对具体细节却一无所知。

由此，1981 年 7 月 1 日开始，他把讲解发展为针对大馆市青年的"中国人殉难慰灵早朝活动"：早上 5 点在狮子森山脚下集合，登山，途经"日中不再战友好碑"、屠杀中国劳工的共乐馆遗迹、十濑野慰灵公园，7 点解散。参加人最多有 70 人，少的时候只有 2 个人。

花冈事件，曾经被很多大馆人讳莫如深，"提这件事，不光是承认自己的罪行，还是告发邻居"。但谷地田恒夫默默坚持的"早朝活动"，好似一种无形的魔法，慢慢松动了大馆人民的心，让他们勇于开口，谈起这段尘封的往事。

"我曾经悄悄地给逃跑的中国人饭团吃，后来他在芦田子山被捕了。"

"我看到警察把很多中国人赶到大馆警察署前的广场上，把他们赶进卡车里，不知道又要被押到哪里……"

"我在大馆火车站工作，但那天也去共乐馆看到了虐杀中国人的现场。"

20世纪90年代初，"早朝活动"由于有幸存者王敏、赵满山等老人的共同参与，引发各大媒体争相报道，日本各地参加者倍增。

谷地田恒夫每每会告诉参加"早朝活动"的日本同胞们："我们每个人都是渺小的。我们如果出生在那个年代、接受军国教育，一定会和当时的日本人们一样做出同样的事。这个活动就是要不断告诉下一代人，我们要避免同样的错误再次发生！"

"早朝活动"举办10周年的1991年，它对日本青年的影响初现。花冈事件成为了当地和平运动的原点：和平友好活动上，年轻人会表演花冈事件的短剧，每年夏天举行的"反核和平火把传递"活动，花冈与广岛、长崎并列，火把传递的路线包括共乐馆。

1998年，谷地田恒夫把"6·30"活动组织委员会的大任交给了川田繁幸律师。他记录，从6月27日到30日，劳动福祉会馆举办的展览超过500人参观。

川田繁幸也是土生土长的大馆人。初次听说花冈事件时，他还是个六年级的小学生。"小学的社会课上，老师提到了，没有讲得很清楚。直到我读高中、大学后，自己读到了相关历史著作，才了解了真相。应该有很多大馆市民，都是和我一样的。"

他认为，让大馆市民真正明确认识花冈事件的，就是每年6月30日举行的慰灵祭。

但是，在大馆，也有不想纪念花冈事件的人。

川田繁幸漫画像。图片来源:《二战日军强掳中国劳工思考会刊》。

1998年6月3日,川田繁幸参加了关于当年"6·30"慰灵祭的筹委会。"在会上,一些保守派的市议员提出,应以花冈事件50周年的纪念活动为分水岭,取消由市政府举办、市财政承担的慰灵祭。这些声音反映出,对'6·30'活动关心的人在不断减少,我们必须要冷静地和反对者对话,把活动坚持下去。"

"1996年、1997年,大馆市是主办方,都会安排大巴车到现场重访,1998年,组委会接过了这一职责。过去两年都有全市宣传,今年没有,来的人就少了。但向下一代讲述花冈事件还是有继续的意义,今后,组委会还是应该更努力扩大传播范围,和市民共同行动。"在民间团体《强掳中国人思考会会刊》1998年8月30日第47期上,谷地田恒夫如此呼吁。

起义领袖,重临狮子山

1985年,大馆市举行"花冈惨案"第40次慰灵活动,新华社为此播发新闻。这惊动了河南省襄城县的一个人。

他就是当年差点死在花冈的暴动发起人耿谆。他看到后,夜不能寐,带着试探的心情给一个人写了信。

信是写给他的难友刘智渠。刘在 1945 年为横滨 B 级、C 级战犯军事法庭作证后,就留在了日本华侨总会。

这一年,日本首相在战后首次以官方名义参拜靖国神社,引起亚洲多国的强烈抗议。

出乎耿谆意料,刘智渠真的收到了这封漂洋过海的信。中日友好人士都为此激动了:"历史中的英雄,还活着!"

1987 年,大馆市的战后第 42 次慰灵大会迎来了历史性的一刻——第一次有中国人参与。

时年 73 岁的耿谆应时任日本国会议员田英夫、土井多贺子、宇都宫德马和时任大馆市长畠山健治郎的邀请,再度踏上花冈的土地。当时迎接他的就是谷地田恒夫。

那一年的"6·30"大会当天,中国殉难烈士慰灵碑前,已经谢顶的耿谆端起一碗酒,祭奠死去的难友。他身后,是上百名肃立默哀的日本官员和平民。此事轰动了两国,中日报纸均作了大量报道。

也是在 1987 年,王红父女从《解放军报》上看到耿谆的消息,就与耿谆通上了信。

当时 40 岁的王红,此前只从妈妈嘴里听说过父亲被抓到日本,有过暴动。但是,父亲在新中国成立后的历次运动中被调查,"历史不清",对儿女也有所影响。因此家里人不知道具体情况,父亲也讳莫如深,从来不谈。

"现在回过头来看,那时候我们谁都没从民族的高度来看花冈事件，是后来才明白的。"王红说。她已经参加大馆市的"6·30"祭奠多年。2013年由于患病，她未能参加。

在知道大馆市数十年坚持纪念遇难中国劳工后，幸存的老人百感交集。但他们都认为，这就是最终的结果。没想到，这只是今后20多年抗争的开始。

1988年10月，一个改变他们想法的人，"从天而降"。

他是旅日华侨中日交流促进会秘书长林伯耀。他从日本飞到河南开封，见到了花冈事件的幸存者耿谆、王敏、张兆国、刘玉清。

当时，王红陪着父亲去了开封，她以为就是老难友的一次聚会，"爸年纪大了，我陪他去，照顾一下。"

"没想到，一下飞机，林先生就对着老人拍个不停。我从那时才知道，老人们的历史那么悲壮，为什么这段历史却在祖国被埋没呢？"

这时候，他们才知道，战争的加害者并没有受到应有的惩罚。

花冈矿山的企业主——鹿岛组社长鹿岛守之助，在战后官运发达，就任日本内阁国务大臣。他坚定支持右翼首相岸信介，对战后日本反华政策有很大影响。

在对华立场上，鹿岛死抱着日台条约，反对中日恢复邦交。1964年3月，他在日本国会宣扬，反对新中国加入联合国。

1990年6月30日，花冈暴动幸存者耿谆老先生及遗属6人第一次来到日本大馆市，再次登上当年逃亡的狮子山，正式祭拜牺牲的同胞们。

下面是耿谆老先生亲手写就的祭文，摘引自1990年8月15日

"二战"日军强掳中国劳工思考会刊第3号：

　　当年花冈事件共难者耿谆等，以清酒之奠，致祭于花冈事件殉难同胞之灵，曰：呜呼亡胞！目睹石碑，感慨万千，昔日惨景，浮我眼前。本图一战而全殁，殊知途乖而失控。成仁男儿志兮，荣辱毫发间。死者何足悲，生者岂为幸。以有限之生命树无穷之尊严兮，光辉壮千秋。骨朽精神永存兮，青史留芳名。硕德仁人之士吊唁兮，堪为君荣。文士勒碑吟咏兮，后世传颂。愿君魂佑一方兮，不愧生平之诚。吾侪渡日悼念君等之灵兮，泣不成声。举樽敬献酒浆兮，藉表哀思之寸衷。魂兮，安息！尚飨！

　　落款是"耿谆、李茂甫、王敏、张肇国、赵满山、李香莲"。

　　1990年11月9日，幸存的39名老人来到北京，挂起了白纸黑字的"奠"字。这是中国国内的首次"花冈事件殉难者追悼大会"。

　　1992年4月10日，在人民大会堂，花冈事件幸存者代表、大馆市访中代表团受到当时国务院副总理谷牧的亲切接见。访中代表团成员包括畠山健治郎、谷地田恒夫。

　　重视历史的春风，缓缓吹动。

　　1993年6月29日，又一个"6·30"的前一天，在中日友好人士的大力推动下，"花冈悲歌"展览在北京卢沟桥抗日战争纪念馆开幕。总计300余人参加了开展仪式。

　　在主席台就座的中方领导包括：时任国务院副总理的谷牧、时任中共中央统战部副部长的万少芬、时任北京市市长的焦若愚等。日本方面，出席的有日本国会参议员田英夫、日本女性法学家协会会长渡边道子、众议员竹村泰子、田中宏教授。旅日华侨方面,出席的有神户华侨总会会长林同春等。

一个身份最为特殊的大馆来客,来到了开幕式现场。

这个浓眉、圆脸的老人叫越后谷义勇,当年的日本监工。当年,他没有侮辱虐待过中国劳工,还暗中帮助他们,被称为"小孩太君"。1945年6月27日是他值夜班,劳工们不忍心杀害他,才把暴动推迟了三天,改为6月30日。

几十年后,越后谷义勇才终于知道了这段缘由。当终于见到劳工幸存者时,这个已不能言语的偏瘫病人一次次号啕大哭。

白发苍苍的中国老人却主动蹲了下来,拿起了毛巾,温和地擦着这个日本人的眼泪。

这里还要提到一位学者岛田政雄先生。他是日本的友好活动家和著名翻译家,翻译出版了大量介绍新中国情况的书籍。他从1950年起就担任了《日本与中国》报主编、日中友好协会的教育宣传部长,数十年如一日地投身于中日两国友好和文化交流事业。在日中友好运动50年,即1995年时,岛田先生与时任《人民中国》杂志总编辑的田家农教授共同编著了《日中交流50年》。

"花冈悲歌"展览上的"点睛之笔"——描绘劳工的版画《花冈物语》,就是岛田政雄提供的。

他是町田忠昭先生的老朋友。两人的初次会面是在1952年,他们曾一起担任鹿地亘的警卫工作。

町田忠昭告诉笔者,《花冈物语》是最早用版画、连环画形式在日本公开展现"花冈暴动"的版本,作者为泷平二郎、日本共产党党员牧大助等多位版画家。

目前,版画中瘦骨嶙峋的中国人奋起反抗的形象,被用在天津烈士陵园的花冈暴动纪念园雕塑中,也印在中国劳工受害者遗属的统一 T 恤上……

町田忠昭老人告诉笔者,它的出版,是与 1950 年代中国劳工遗骨发掘同时期的事。当时日本左翼知识分子学习鲁迅先生的版画运动,旨在以连环画的形式讲故事,创作出一本本能够让劳动者随身放在口袋里面的作品。

岛田政雄就是日本版画运动协会的创立者之一。他十分敬爱鲁迅先生,深受其思想影响。町田忠昭记得,在日本,曾经有人撰文批判鲁迅的名言"横眉冷对千夫指,俯首甘为孺子牛",岛田政雄看到了,马上撰文进行激烈的反击。

老人回忆,《花冈物语》全本共 50 多张版画,当时印了一万多册。"对当时的我们来说,纸张、资金都极度匮乏,是奈良孙盛募集的纸张和印刷费用,内山书店的店主内山完造帮忙印的。"町田忠昭说。

最后,这一万册连环画中,有一半被当时的政府部门没收了,剩下一半分散到了和平反战人士的手中。1993 年为了我国抗日战争纪念馆的"花冈悲歌"展,岛田政雄先生可是好找了一阵。帮助"'二战'日军强掳中国人思考会"重新联系上东京枣寺住持的,也是他。

2002 年,岛田政雄已经需要坐轮椅了,即使在屋子里也必须要坐在椅子上才行。2003 年,町田忠昭到岛田家来探病,送来了 2003 年 10 月 17 日在东京枣寺举行的中国人殉难烈士遗骨送还 50 周年法会的报告。

他夫人岛田芳子女士说："我老伴已经很难认出人了，也不能长时间见客人。"但是当夫人把町田忠昭送来的报告放在他枕边，给他看时，岛田政雄老人竟然慢慢抬起手来比画，还开口讲话了。这让町田忠昭心头一热。

2004 年 12 月 27 日，岛田政雄先生去世，享年 92 岁。

町田忠昭评价："岛田先生在日中友好运动中最为辛苦奔波"，市民团体"中国'二战'掳日劳工思考会"代表田中宏教授在追悼会上也感激"岛田政雄先生生前给予了我莫大的鼓励"。

追悼会上，岛田先生的朋友赤津益造先生的儿子也来了。赤津益造一辈子整理了大量日本政府强征中国劳工的历史资料，并主张追究日本政府的责任。其子告诉町田忠昭："我就要退休了，想要去花冈追寻父亲曾经走过的足迹，继承父亲的衣钵。"

1994 年 11 月 11 日的送别会上，耿谆曾送给町田忠昭一幅书法《江南逢李龟年》。

"岐王宅里寻常见，崔九堂前几度闻。

正是江南好风景，落花时节又逢君。"

町田忠昭回忆："他慢慢地吟诵出来，我在大家的鼓掌声中接了过来。前两句就好似中国和日本 2000 年来的友谊，安禄山的 12 年战乱，就像近代的日军侵华战争。后两句讲的是度过战乱之后，和真朋友重逢的喜悦。"

虽是青萍之末，花冈，也在不断改变着日本的年轻一代。

2013年花冈"6·30"慰灵祭上,日本年轻人在"中国殉难烈士慰灵之碑"前默哀,为数十年前死难的中国劳工敬献鲜花。

1972年生的Y君,在18岁那年来到了花冈。

他在留下的感想中这样说:"第一次听说'花冈事件'这个词的时候,说实话,感觉跟我没什么关系,不太想了解。1989年10月,我曾被邀请过到花冈参加合宿,当时以要参加考试为由拒绝了,只有弟弟参加了。1990年5月,我再度被邀请去花冈。这一次也没什么想要去的热情,因为活动主题是学习记者的相关知识,还是参加了。直到出发当天,我都没有看下发的资料,只是通过同学的只言片语了解一二。就这样,我向秋田县进发了。"

坐了14个小时的卧铺车,Y君终于到了大馆站,出站后他们就立即坐出租车赶往十濑野公园的慰灵祭会场。

"我还没有心理准备,像是来到了完全未知的空间,根本不知道应该做什么。看到李香莲大娘拼了命地寻找她父亲的名字,直到终于找到,她失声大哭。看着她,我几乎忍不住要陪她一起哭,只是硬生生把眼泪忍回去了。对我来说印象太深刻了,一切就像是发生在昨天。虽然我不懂她对纪念碑在说什么,但是能感受那深深的悲伤,完全超越了语言的隔阂。"

"接下来,我们参观的是信正寺里鹿岛集团建设的追善供养塔。真正见到那些逝去的人的名字时,我受到了不小的震撼。从前我只是听说了事件的残酷,但是从未想过竟到如此程度……原本是混凝土建造的,上面被重新浇筑上砂浆,随着岁月的侵蚀,砂浆脱落的地方非常多,死后还被如此粗暴地对待,受害者的魂魄真的能够安眠么?我真的希望鹿岛建设早日重修一个像样的建筑取代它。"

在中央公民馆举办的"花冈事件幸存者及遗属欢迎市民集会"上,Y君聆听了幸存者老人、花冈市民亲历见证者的演讲。"这使我重新思考日本战争罪行的深重,深感日本在战后处理上的迟缓不当。"

让人忧虑的是,日本青少年一代对侵华战争历史的无知,现在依然存在。

2004年秋田,谷地田恒夫接待了来自仙台的15人访问团,年龄从20岁到40岁。他们在风雨交加的寒冷天气中考察花冈事件现场两小时,态度认真。

谷地田恒夫询问他们中的大学生:"在历史上,7月7日、8月15日都是什么日子?"大部分的学生都回答:"7月7日是七夕,8月15日是盂兰盆会。"这让他大吃一惊:"竟然不知道'七七卢沟桥事变'和日本无条件投降日?!"

让日本青少年真正明白历史,正是花冈人一代代祭奠中国死难者的意义。

在1996年大馆的"6·30"慰灵祭上,两位中国幸存者赶来参加,其中一位是王文博老人。老人的记忆已经有些模糊了，川田繁幸陪着他重访故地，寻找回忆。他只问："还记得吗？"并不进行引导，只等沉默的老人本人自己想起来。慢慢的，老人的回忆被激活了，与他最初的只言片语截然不同，讲述的回忆一下子流畅起来。

2000年6月30日，耿谆老先生再次来到狮子山下，宣读亲手写下的祭文：

以清酒之奠，托代致诚于墓碑之前：呜呼！死难同胞，吾侪奋斗十有三载，计征途之尚远。确信正义定能战胜邪恶兮，人间之真理。志士仁人支持我者益众兮，并非无援孤立。虽遭渎职枉法失公兮，深知历史明鉴无偏倚。吾有斗志坚如铁石。吾死有子，子死有孙，世代相承，矢志不泯。直至讨还历史公道而后已焉。呜呼同胞，悲哉！尚飨！

历史就是要刻在石头上

1991年，保守派的自民党市长小畑元上台了。各方中日友好人士都非常紧张："他还会不会继续追悼中国死难者？'和平纪念日'会不会取消？"

当2013年6月29日，花冈受害者遗属"80后""90后"来到大馆市政府时，等候他们的正是现任市长小畑元。

"几十年来，这个市的行政区划变了，市长变了，连执政党都变了，但是每年6月30日的祭奠，从来没有停过。在我任上，也不会停。"小畑元对遗属们说。

他从 1991 年开始成为大馆市长，已连续五次选举获胜。一直当了 22 年市长的他，是全日本现任市长中任职时间最长纪录的保持者。

"每年都要见一次这位市长，几乎跟七夕节一样成了惯例。"同行的田中宏教授笑说。

小畑元告诉我："我自己不是花冈人，但是先辈曾经是大馆市人。'6·30'活动不是政党决定的，它是超越政党的问题。因此我一定会继续下去。"

大馆市市长小畑元展示"以史为鉴"的"鉴"字，他的面前放着中日两国小国旗。

在 20 世纪 90 年代，有一次，谷地田恒夫和夫人到北京参加幸存者会议。在走廊里，他们看到一位幸存老人久久站在门外。

"您怎么不进去？"夫人问道。

老人的回答里有仇恨和恐惧："我不想看到日本人！"他讲述了当年的回忆，痛哭失声。

小时候，谷地田恒夫的父母吓唬小孩常说："蒙古人来了！""现在距离元朝攻击日本已经有 700 来年的历史了。我认为 700 年以后，中国人吓唬小孩也还是会说：'日本鬼子来了！'日本侵略中国的历史还会留下影响。"

"所以，我希望告诉中国人，在日本，也一直有人在反省。为此，我一直努力筹钱、宣讲历史。"谷地田恒夫说。

在花冈事件纪念馆筹款中，他自己捐了200万日元。"我家是夫人管钱的，所以那次我是很认真地低头和夫人商量，最后夫人还是赞同了。"退休后，他也不断捐出自己的退休金。

"6·30"追悼大会，超越的不仅是党派。

1995年，谷地田恒夫为花冈暴动中死亡的日本监工4人举行五十周年追悼会。这是仅限于私人家庭的追悼。其中，来的就有一位桧森节子女士。她父亲桧森昌治，是当年"花冈暴动"中被杀的铜矿监工。

她是一名遗腹子，被爷爷奶奶养大。结婚登记户籍时，她发现自己是养子，才知道自己的身世。"我一直以为父亲是一个和蔼、优秀的宪兵，他从中国负伤回来，先当了老师，后来才到矿山当监工，不相信花冈惨案的历史。"

谷地田恒夫告诉她："我作为加害者一方，一直开展和平运动。"他送给她很多资料："如果你的心和我们一致了，请再来大馆。"

谷地田恒夫和节子女士的合影。庄庆鸿翻拍。

一年后，节子真的在"6·30"活动时回到了大馆。面对杀死父亲的耿谆，节子女士哭着道歉。

耿谆对她说："你没有罪，你的父亲也是受害者，都是日本军国主义的错。"两人握手。

为什么大馆市能坚持这么多年，祭奠花冈暴动死难者？

小畑元说："首先，我认为花冈事件是非常悲惨、绝对不该重演的。必须有人道主义的底线，中国人、日本人同样是人，在过去，日本人伤害了同类的尊严。为了不再重蹈覆辙，首先就是要祭奠死难者。其次，不幸的历史事件不能被埋没在故纸堆里，发生了的事件不能否认，必须要向后代传达历史的真相。"

现在，遗属能轻松登上狮子森山。爬山的路是市政府特地为他们而修的。由于中方有不少老年遗属，市政府每年都安排两名护士全程陪同。

当市长与花冈死难者遗属第四代的青年骆勋握手时，骆勋用日语说："一切都是为了未来。"市长笑着回答："是的。"

2013年6月30日，大馆晴空万里，仪式终于到来了。小畑元市长献上死难者名单。默哀时，遗属第四代王洋洋的头低得特别低。

市长面对慰灵碑鞠躬，然后开始念悼词。他最后念出了自己的名字，这样做已有22年了。这个日本人向遗属深深地弯下了腰，中国遗属坐着躬身回礼。

中国驻日大使馆也派遣了公使参事官前来致辞。田中宏教授回忆，1990年的"6·30"追悼大会，当时中方派来的外交官员是王毅。

现在,他已经是中国外交部部长了。

献花的人群中,有一位颤巍巍拄着拐杖的老太太。她叫酒井和子,曾任东京都某区议员。她长年参加反战活动,前几年中风了,但是 2013 年依然赶到了大馆。

因为这里,仿佛有一面无形的旗帜。

小畑元如此阐述大馆市人民的历史观:"纪念碑所在的,就是老百姓的墓地。有的老百姓去给自己家扫墓,都会供奉中国死难者的纪念碑。我们纪念馆出钱也是由市议会讨论通过的,不是由市长说了算的,也可以看出整个市议会对此的支持。"

2013 年花冈"6·30"慰灵祭上,大馆市的日本妇女在"中国殉难烈士慰灵之碑"前献上千纸鹤。

但谷地田恒夫也坦承，现在大馆市的一代和平人士正在逐渐老去。

"我们已经不能说是老龄化，而是高龄化了！75岁以上的人越来越多。"曾经在"6·30"活动中为历史作证的市民滨松健二，已经于4年前去世了。另一位目击者三浦房子老太太，现在已经患上老年痴呆症。

在2000年，谷地田恒夫因为糖尿病恶化，做了截肢手术，成为了5级残障人士。这正是在花冈遗属起诉鹿岛建设公司，成功和解前不久。但他还是赶到北京，参加和解成功的报告会。距离手术完成不到一个月时间。

"町田先生对我说：'你还很年轻呢！你还要加油到我的岁数，还要加油20年，把事实传递给大家。'"谷地田恒夫笑着说。

在2013年的"6·30"大会现场，约有160人到场。大馆本地的年轻人做着准备便当、白菊花的后勤工作。

37岁的津屿龙辉，是最年轻的"花冈和平纪念会"成员。"6·30"这天，他带着半人高的小儿子、女儿来参加。"我告诉他们好多外国人都去世了，具体的历史，等他们长大了再教。"

作为一名普通公务员，津屿龙辉不赞成现在的日本右翼企图修改和平宪法。"2010年，我去南京参观过南京大屠杀纪念馆，去北京参观过抗日战争纪念馆，受到了很大的冲击。我也感觉到日本人在亚洲各国都没有被友好对待，很大的原因就在于日本政府对待历史的态度。"他说。

2013年第一次来参加"6·30"大会的，还有岩手大学日本近现代史专业的 5 名学生。

"我们都是第一次参加,大学老师用一节课讲了这段历史,此前完全不知道。我认为日本不能否认这段历史。"一名女生说。

在 2013 年的"6·30"活动结束时,人们挽起手来,唱响了中华人民共和国国歌。这是 28 年来的第一次。

出人意料的是,提议者是此次活动最年长的日本人——80 多岁的町田忠昭老先生。他也能用日语唱《义勇军进行曲》。耿谆在世时,他们曾经合唱过。

2013 年 6 月 30 日的追悼大会上,受难者遗属和中国驻日大使馆代表在"中国殉难烈士慰灵之碑"前第一次合唱中华人民共和国国歌。

"从 1994 年开始，我每年都来参加'6·30'活动。很多中国遗属都会在现场痛哭，我觉得不能每次这样，应该让先辈们看到 60 多年以来改变了的新中国。所以我觉得必须唱中国国歌。"町田先生说。

近期，中日关系再次趋向紧张，此时此刻依然坚持追悼活动的小畑元，也表达了他对中日关系的看法。

"两国关系很复杂，但对作为一个人来说，最重要的是，每个人都能真正铭记战争的不幸历史，世世代代传下去。日本有一句俗话是'给别人的恩惠要丢进水里，自己接受的恩惠要刻在石头上'。我们的历史就是要刻在石头上，这样才能真正加强友好关系。"

"您认为，应当如何真正加强中日友好？"

面对这个问题，喜欢看《三国演义》的小畑元市长，低头在纸上写了一个字"鉴"。这个词就是镜子的意思。"把花冈悲惨的历史作为一面镜子，正视历史。"

"中国的毛泽东曾说过这样的话，在一定的地域、一定的时间内，能得到一定的成果。我认为大馆市就是'一定的成果'。"町田老先生对我说。

"口头上说中日友好是很简单的，但必须再次起誓不再重演战争的悲剧。这样的信念必须传递给新一代。否则历史就会被遗忘。"小畑元最后的话，掷地有声。

四、为死难中国人画像的日本人

6830 双布鞋，20490 次弯腰

2010 年 8 月 14 日，6830 双布鞋整整齐齐地摆在南京大屠杀遇难同胞纪念馆的广场上，以纪念 6830 位在日死难劳工。每一双布鞋的背后都是一个被撕裂的家庭。

这是纪念世界反法西斯战争暨中国人民抗日战争胜利 65 周年活动的内容之一。

摆放这些布鞋的数十人是在抗日战争中被强掳的中国劳工家属、日本友人和志愿者。在这支一律身着黑衣的队伍里，有微驼谢顶的白须老人，黝黑的脸上刻着皱纹；也有打耳钉、烫卷发的少年少女；有中年发福的山东大老爷们；也有白帽长裙、用日语交谈着的瘦削女士。他们表情严肃，都穿着同一件黑 T 恤，印有白字"不能忘却的历史"和几个瘦骨嶙峋、挣扎着的人，这让他们几乎化成了一个符号。

摆放布鞋的行动从下午 4 时 30 分开始。

"大家听好,每一排放 40 双鞋,放在台阶边上,鞋跟靠拢,都摆成八字型。"组织者王红在广场上顶着大太阳喊,"每双鞋都是我们的老人,鞋里放上些石子,免得被风吹跑!"

纪念馆的广场是两指节长的粗石子铺就的。在烈日下,抓起每一把粗石子,石子都是发烫的。

没有人撑伞,没有人抱怨石头烫。有老人往每只鞋里放了特别满的石子,还问:"这放在台阶上,鞋跟是要突出 1 厘米,还是 5 厘米?"

在广场摆鞋原本预计一个小时完成。但一个小时之后,刚摆满了数十级长台阶。夕阳西下,已经有老人干不动了,坐在箱子上扇风休息。

来自山东的"二战"受难劳工遗属第三代,在烈日下摆放纪念祖父辈的布鞋。

为了加快速度，人们排成一排，每人拎两双鞋，两头拉起一条长长的尼龙绳，喊一声"好嘞"就把绳子贴在地面，每个人迅速把鞋跟靠在绳子边上，再抓几把石头放进鞋里，然后再移动到下一排，仿佛插秧。

一条绳仿佛插秧的"战线"，有人退到旁边休息，或者动作略迟钝，就露出了没放上鞋的空档。即使在夜幕下，也足以看清，一位满头白发的老先生默默弯腰，拿起几双鞋，走上前填上了空缺。他是70多岁的旅日华侨中日交流促进会秘书长林伯耀先生。

53岁的韩建国在100多米长的绳前不停地左右打着来回，喊着口号，就着微弱的天光检查绳子有没有歪斜。他是个典型的山东大汉。他的父亲于1944年被日本兵强行掳走时只有19岁，在日本被强制劳动近一年。

"1945年被遣返时，我爸在天津下的船，从天津活生生地走回山东啊，我现在开车都要4个小时……"这位干了一辈子公安的汉子说话的时候哽咽了，拿毛巾捂住了眼睛。"我爸是名军人，后来还参加了抗美援朝战争。但他在世时始终很少提起劳工那时候，因为太痛苦了，他不想说。老人1985年去世时才59岁，医生诊断食道癌，原因是年轻时落下的。"

从箱子里拆出来的布鞋放得越来越乱，有个女孩发现了，气得直喊："这双鞋顺了！都是右脚啊！那双也是，还一只大一只小！"

面前的大叔都说："姑娘，赶快摆吧，看不太出来……"

但她瞪着眼把摆好了的鞋都拎出来，重重地扔到后面，说："这都得重来！"

韩建国还不到 20 岁的女儿也参加了摆鞋的活动。借着手电光，她把一堆乱码黑鞋的白布底一只只亮了出来，嘴里念叨："39 码，左脚，这只 41 码，这只也 39 码对上了……"每对上一双，她就给摆鞋的人送上一双。

这次来南京，女儿的态度出乎韩建国的意料。

"因为记得牢的就是我们这代，我估计她就是来随便看看，但是摆鞋也好，看展览也好，我观察她态度都很认真，真不错。"这位父亲说，"天太热，她本来想穿牛仔短裤来的，我告诉她说不行，这是严肃的场合。最后她也穿了长裤。昨天她戴了顶红帽檐的帽子，今天自己就不戴了。"

到晚上 8 时零 7 分，6830 双鞋全部摆放整齐。

每摆一双鞋都要弯 3 次腰，从箱子里拆开取出来弯一次腰，送到预定位置放下弯一次腰，下一个人把鞋翻过来八字摆好、放入石子弯一次腰。

6830 双鞋，20490 次弯腰。

在南京大屠杀纪念馆摆鞋的日本人

来南京大屠杀遇难同胞纪念馆参观的白发苍苍的日本人，经常被习惯性地认为是来忏悔的日本老兵。但这次摆鞋队伍中的 15 名日本人，却一个也不是。

京都龙谷大学人类科学宗教综合研究中心的中村尚司教授今年 72 岁，祖辈并没有在战时踏上过中国的土地。他父亲的弟弟曾在"二战"期间参军，去的是越南战场。"日本宣布战败的时候，我才 6 岁。

小小的我头脑里还以为这是一场和美国的战争。"

20世纪，中村教授曾经受邀作为研究者去往中越战场，也曾受朝鲜邀请随团去过平壤。但他说到这些时摇摇头，认为这些并不算"真正的了解"。

"要想两国、两个民族真正互相了解，我们这些'小人物'、平民也不能不行动。所以在草根层面，日本人不能不这样到中国来看，中国人也不能不去日本看看，不了解历史是不行的。"中村教授嗓子沙哑地说。

一头短短白发的木越阳子女士，是2002年成立的花冈和平纪念会成员，参加声援花冈受难中国劳工的行动已经20多年了。说到在花冈受难的中国劳工，她脱口而出："共986人，419人死亡，是日本全国死亡人数最多的工厂。"

"花冈是个由矿山构成的小镇子，我就是在这个小小的矿山镇子上出生、长大的。父母都是在矿山工作，不过那时已是战后了。我是1949年出生的，正好和你们的中华人民共和国一样大呢。"摆鞋的休息间隙，她对我回忆说。

1944年6月30日晚，无法忍受残酷虐待的中国劳工发动了记入史册的"花冈暴动"。

当天晚上四处逃跑的中国人被抓回，第二天集中于广场上，花冈的普通民众亲眼目睹了中国人遭受毒打和屠杀，当时也有居民和警察、宪兵一起殴打中国人。

"花冈人通常对这一惨剧缄口不语，因为所有人都意识到自己是'犯罪者'、加害者，即使你没有打人、杀人，可能你的邻居、弟弟就这么干了。被打的人会愿意说当时被打得多么狠,而打人者通常就不愿意提打人这回事,就像战后的中国和日本。"木越女士说。

在战后开采时,花冈人挖到了战时填埋的旧坑洞,发现了不少中国劳工被填埋的骨骸。当时都没有报道,历史教科书上也没有提及,所有人大为吃惊。由此发起了中国死难劳工的遗骨发掘运动和遗骨归还回国活动。

让木越女士自豪的一段历史是,1960年代,日本合并行政区划,而花冈町的山本町长对合并提出的唯一一个条件,就是保留中国劳工"花冈暴动"的慰灵碑。

"这样的慰灵碑,在全日本都是很少见的。"它在1963年11月由日本各界友人募捐,在花冈町十濑野公园建造。碑正面刻着"中国殉难烈士慰灵之碑"十个大字,被高大的树木所环绕。木越女士每年都会看到,从海那一边来的遗属摸着碑上刻的中国人名字,说着"我现在已经比父亲当年的岁数还大了,也有孙子了",扑在碑上放声大哭。还有人一看到就说不出话来,崩溃地跌坐在地上……

截至2009年,花冈和平纪念会向日本全国募捐到约4000万日元,2010年4月还成立了花冈事件和平纪念馆。

山本润子是日本最大的全国性报纸之一《朝日新闻》的编辑,40岁出头,算是此次来华的日本人里相当年轻的一位。但她不是为了采访而来。

"因为采访和摆鞋不能兼顾,这次我不是作为媒体,而是作为一个'人'来的。好像说得太伟大了,我不知道怎样表达才好……"她微笑着说。

2010年，在南京大屠杀纪念馆的特别展厅，87岁的日本画家志村墨然人站在自己的展出画作《悲愤》前，他也曾是画上手拿皮鞭、虐待中国劳工的监工。

"我更想让日本人知道这些"

作为纪念活动的一部分，"不能忘却的历史纪念抗日战争暨全世界反法西斯战争胜利65周年特别展览"也在南京开幕。展览作品中有两幅格外醒目的黑白大画，画面中中国劳工们正被赤条条地吊在木桩上鞭打，众多食腐的乌鸦停在骨骸前，有精瘦的劳工侧坐。

这两幅画前面站着一位个子不高、戴眼镜、白胡子浓密的日本老人。

他喊住一位陌生的女士："您是日本人吗？"对方点头后，他便讲起了历史："昭和二十九年（注：即1954年）归还遗骨时，由于死的八十多人没有被正式安葬，而是随地掩埋，早就无法找全遗骨，凑数的假骨里竟然有狗骨头、猪骨头，此事被揭露，全国震惊了……"

听到那位女士哽咽着回答"我是一名老师，回去以后一定把真相都告诉孩子们……"，老者不断点着头，咧嘴笑了。

这位老人正是两幅画的作者、唯一一位承认加害"二战"中国劳工的日本人，87岁的画家志村墨然人先生。

志村墨然人1923年生于日本北海道，1945年在日本鹿岛公司玉川营业所做辅导员（对监工的特定称呼——笔者注），曾犯下虐待中国劳工的罪行。

他回忆时说得非常清晰："在玉川的中国劳工从事的是选矿作业，劳动强度非常大，却没有受到人类应有的待遇。当时我们让他们吃猪食一样的食物，睡觉和大小便全都在一间屋里，为防止逃跑还要落锁，窗口装了栏杆，只能投进一点光……我们这些辅导员也经常毒打甚至吊起来拷问中国劳工，死了就用火烧掉。在烧掉的17名死亡中国劳工中，我就直接参与焚烧了15名。"

当志村回来走访时，当时中国劳工们住的"泰山寮"，位于"发足村"，在50年的风雨中已经腐朽，而人们肩挑沉重的网篮往返的痕迹也被草木全部掩盖，完全消失了。

而让心怀负罪感的老人愕然的是，关于强掳中国人的记述，在当地村镇史志中，一行也没有！

"比起中国人，我更想让日本人知道这些！"他在自己的画前高声说。

"战后日本政府都否认这段加害历史，加害的企业因为遣返强掳的中国人，而从国家得到大笔的补偿金和优惠措施，却装做不知道！个个都只盼望着'都过去了，大家快点全都忘记吧'，这个态度让我激愤了！"老人高声地说，胡子颤抖，"我也曾经怕提及这段历史，因为感到了'耻'，但是我开始站出来说、作画，也正是因为'耻'。"

在他的画里，瘦骨嶙峋的劳工有非常强烈的眼神。"劳工的眼睛，现在还刻在我的心里。"

"您画作中的场景，是否有艺术加工的成分？"我问。

"这不是艺术，这是记录！所有这些场景，都是我这双眼看到的。"老人不断点着自己的眼睛，"我从15年前开始画，既没有人拜托我，也没有金钱的回报。就算我画艺不精，但是我能做的就是画，把我看到过的一切画出来，这是我的赎罪。"

当志村墨然人第一次见到劳工遗属时，占据脑海唯一的想法就是："什么都别说，总之先道歉！"而遗属对他画出了自己没亲眼见过的历史表示了感谢。

"如果不继续鞭打这副老躯继续画，就不能实现60年前的补偿和自责，我的'战后时期'也就不会结束。"老先生说。

"现在年轻人即使有感情，也是浅的、暂时的。有时参加活动，小孩即兴发言都非常好，但是出来一会儿就忘到脑后了，又是嘻嘻哈哈，我们这一代就都比较肃穆。"韩建国说。

2011年劳工遗属在北海道祭奠死难祖辈,右一为88岁高龄的志村默然人。

"我了解后就一直认为,花冈劳工精神是民族精神。因为在异国他乡,所有的中国人团结在一起,起义前都下决心,万一到了不得已的关头就跳海自杀,宁死不屈!这样的异国劳工起义,在全世界是头一遭,这样的精神,中国年轻一代应该知道。"韩建国反复说。

但在南京大屠杀纪念馆里,韩建国发现了一个让他高兴的现象。"我特地观察了一下,这个特殊的日子来参观的年轻人特别多,大概足足有八成,这样的大热天都来,真好。"

在中国人民抗日战争暨世界反法西斯战争胜利65周年的2010年,中国人和日本人聚集在南京大屠杀遇难同胞纪念馆和平广场,举行"南京国际和平集会",沉痛悼念南京大屠杀中的30多万名罹难者,祈祷世界和平。参加集会的有纪念馆方面的人员及历史研究学者,以及来自日本的铭心会、神户·南京心连心会等友好访华团体。

在开幕式的尾声,一位大鼻子的黝黑中年男子走上前来。他名叫林广财,是来自中国台湾屏东县玛家乡佳义部落的排湾族人,参与过"还我祖灵"运动。

在悠扬的前奏后，穿黄宽边民族背心、头围民族彩带的他低沉地唱起了在场几乎无人能懂的语言："Mi yo me，He he ya a wei..."

《Miyome》是一首阿里山邹族人的传统歌谣，为追念去世的祖先及亲人，在丧礼或是祭祖时所唱。歌曲的邹族语意思是："月亮啊，请你照亮亡魂回家的路途……"

不少来参观的群众游客驻足不走，听着这首哀伤又悠扬的歌，有人眼泪轻轻浮上眼眶。

著名的台湾少数民族民意代表高金素梅也来到了现场。这也正是她们2008年到靖国神社要求归还中国台湾少数民族居民祖灵时，面对着日本保安警察的防线，高举拳头所合唱的歌。

她发言说："我相信在我的有生之年，可能没办法看到申诉成功，但是我相信，凡走过必留下痕迹，相信透过我们这些活动，会有孩子记住我们的历史。通过活动来让日本的年轻人、韩国的年轻人都参与进来，来认识历史。"

她反驳了部分"台独"人士对她的批评。"我孤身一人，又语言不通，要是没有无私的日本义务律师、日本热心朋友的支援，我是不可能到日本去抗议的。那么大家怎么看待帮助我们的这些日本朋友呢？其实我觉得我们之间建立的坚定的友谊，叫作和平的友谊，这才是真正的友谊。"

她记得，有一次展示完毕后，一位日本女性上来抱着她哭，说："以前从来不知道，对不起，请你原谅。"

高金素梅最后说："我原谅你。我希望我们的友谊从此开始。"

"历史是可以被原谅的,但绝不可以被遗忘,更不可以被扭曲。"她向着台下的众多中日友人大声说。

最后,高金素梅女士呼吁道:"我希望向日本政府呼吁的力量不要仅限于被害人的遗族。我们应该更加团结,全亚洲人民团结起来。我要强调我们不是为了反日,不要再制造仇恨,我们要给日本政府面对历史的勇气,这样他们才会真正得到全亚洲人民的友谊。最近日本首相菅直人为什么要向韩国道歉?其实他们清楚地知道,亚洲的友谊有多么重要。现在的友谊是心虚的友谊,因为这段历史还没有和解,也还没有被具体的行动化解!"

"所以,孩子们,请记取这段历史,但是不要有仇恨。有任何机会请来看看展览,也许它会给你感动,给你力量共同来参与。我们要让日本人认识到,我们的活动是为了和平,不再有战争,就必须要面对历史,我们不是为了反日。"

"日本年轻人不太关心历史,不是他们没有良知,是因为绝大部分人没有看到过我们的照片和事实,我们希望通过不断的活动可以让更多的日本年轻人加入。我一向对人性是非常有信心的。有不少日本年轻人害怕来到中国大陆,所以中国的年轻人也应该适时伸出友好的手,告诉他们我们要的是日本政府正视历史,而不是仇日。"高金素梅说。

这样的心声,是中日两国有识之士的共识。

在 2013 年 7 月 2 日晚日本东京送别中国劳工遗属的餐会上,日中友好协会会长白西绅一郎先生也说:"不能原谅忘记历史的行为,才能在未来永远铭记悲惨的历史。我坚信,这才是将来两国友好发展的原始动力。"

五、田中宏——参与中国劳工对日诉讼的权威学者

1988年,日本教授田中宏、律师新美隆、町田忠昭等日本和平反战人士,成立了"'二战'日军强掳中国人思考会"。数十年来,他们多次赴中国、美国,查找档案,寻访幸存者,掌握了大量劳工史实的第一手史料。

新美隆律师已经英年早逝,而头发花白的田中宏教授至今仍每年多少次飞赴中国,为中国"二战"受害者民间索赔、让日本右翼政府正视历史而奔走。

田中宏教授为何会决定投身到反战和平运动中来?笔者多次访问他,并拜读了他著作中的相关章节,下面讲述的真实故事,相当一部分内容来自他著作中回忆的翻译转述,并获得田中宏先生授权。

印有"伊藤博文"[1]的千元日币

日军侵华"卢沟桥事变"发生的 1937 年,田中宏出生于日本东京,老家是日本本州岛西南部的冈山县。

他渐晓人事的成长,正伴随着日本战败和战后秩序的建立。"八·一五"日本无条件投降前后,这个小学生的感受截然不同。

"于我而言,战后教育的第一页是从修订教科书开始的。"田中宏说。

1947 年日本文部省编纂的教科书《新宪法常识》(日文:新しい憲法のはなし),加入了新宪法第九条"放弃战争"的篇章。插图上,坦克、战斗机被丢进熔炉,出来的都是汽车、城铁电车。

中国人想象中,日本战后应该是愁云惨雾的,但在小学生田中宏看来,实际却是相反的。

"我现在还能记起心中顿生的新鲜感。'八·一五'之后日本的改变对包括我在内的所有日本人来说,是新鲜且充满信心的,这深深地烙印进我当时幼小的心灵。"

"二战"期间,日本曾经把他这样的小学生统称为"少国民",战后,"少国民"的称呼就越来越罕见了。"二战"前,日本用的纪年方式是"皇纪",根据《日本书纪》,公元前 660 年神武天皇即位之年被当时的日本人称为"皇纪元年"。而"二战"后,田中宏记得,

---

1 伊藤博文,(1841 年 10 月 16 日—1909 年 10 月 26 日),日本近代政治家,日本第一个内阁首相,任期长达七年,任内发动了中日甲午战争,使日本登上了东亚头号强国的地位。曾任韩国首任统监。1909 年 10 月 26 日 9 时,在哈尔滨被朝鲜爱国者安重根刺杀。

每当出现"皇纪"的年号时,就会被要求减去660年换算成"公元"。

他印象深刻的还有"二战"后日美关系的大逆转:"八·一五"之前,美国的关键词是"攻击珍珠港""中途岛海战[1]败北""广岛长崎原子弹爆炸"、天皇宣布无条件投降的"玉音放送[2]",战后,美国的关键词却成了"日美共同体"。

"当我手里拿着美国驻军发放的物资——口香糖,心里充满了感激。银色的包装纸反射着耀眼的光芒,吃在嘴里顿感沁凉,民主主义的思想和精神逐渐深入人心。"

美国文化也压倒性地风靡日本。日文片假名可以直接用来根据读音来标识英语,但在"二战"时一直被排斥,被称为"敌人的语言"。随着NHK[3]广播英语会话讲座的播出,"come, come, everybody"等一系列外来语瞬间流行起来。小学生们在学校开始接触、学习罗马字,无意间笔记本上、教科书上很快出现了用罗马字书写的自己的名字。

"但是,"田中宏先生敏锐地指出,"所有这些日本战后的转变里,都是美国主导,看不到任何一个亚洲国家的身影。"

---

1 中途岛海战,1942年6月4日,在中途岛海面进行的日美两军的海战,美国海军在此战役中成功地击退了日本海军对中途岛环礁的攻击,得到了太平洋战区的主动权,成为"二战"太平洋战区的转折点。

2 玉音放送,出自"二战"中日本天皇的《终战诏书》。由于日本天皇的声音首次向日本普通公众播出,天皇的录音就被称为"玉音","放送"是日语"广播"的意思。

3 NHK,日本放送协会(简称NHK)是日本第一家根据《放送法》而成立的大众传播机构。

正因如此，20世纪60年代，与亚洲留学生接触时，大学生田中宏感到不知所措。

当时，他就读东京外国语大学中国学科。从大二开始的三年间，他一直住在东京的小型学生会馆——"新星学寮"（即"新星学生宿舍"）。在那里，有来自（中国）台湾、斯里兰卡、韩国的留学生，但田中宏并没有和他们深入地交流过。当时他就发现亚洲各国留学生受到的待遇可称严苛，"同寝室的台湾留学生，因为没有带外国人登录证，被警察带走并拘留了一晚"。

1958年2月，北海道的山中发现了"雪人"，日本全国哗然。这正是被日军强掳来强制劳动，最终逃走的中国劳工刘连仁。

那时正是岸信介内阁时期。"二战"时，1942年11月的日本军国主义内阁会议，通过了关于强制掳获中国劳工的决定。当时岸信介正是东条英机内阁的商工大臣，战后却逃脱了正义的审判。

"在我记忆中，教科书上从未有过强制掳获中国劳工类似的词语。所以后来知道的时候，真的很震惊。"田中宏说。

自1959年日美开始谈判新《日美安保条约》起，日本国民就掀起了战后最大规模的社会运动——"安保斗争"。这也给青年田中宏很大的影响，让他慢慢倾向反战一方。

因为当时正值美苏两个"超级大国"争霸期间，与旧《日美安保条约》相比，新《日美安保条约》的适用区域扩大了，大大地增加了日本卷入战争的危险性。

同时，日本国民最关注和敏感的几个问题却没有得到解决：一是驻日美军、美军基地和刑事裁判权问题；二是驻日美军基地核武器化问题；三是琉球和小笠原群岛归还问题。

1959年3月，日本134个社会团体召开大会，自发组成"阻止修改《日美安保条约》国民会议"。6月15日，580万群众参加抗议条约签字和美国总统访日活动。当晚，上千名学生冲进国会，与防暴警察发生冲突，东京大学女大学生桦美智子[1]被打死。矛盾进一步激化。6月16日，岸信介政府请求艾森豪威尔延期访日，直至取消。6月19日条约自动生效当晚，数十万日本老百姓包围国会示威。虽然该条约被岸信介内阁强行通过，但此后，安倍晋三的外祖父岸信介就宣布了辞职。

1960年夏天，"安保斗争"刚刚结束的时候，一个说着汉语的印度青年从北京来到了东京。

他是在北京大学留学后回印度的途中顺道来日本的。当时，中日之间还没有航线，他是经由香港而来。田中宏受研究生院的导师所托，负责接待。他们一起度过了整个夏天。

印度青年告诉田中宏，在北京，日本人民的"安保斗争"也非常有名。他提到过了那场冲突中牺牲的东京大学女生——桦美智子，所以田中宏还顶着烈日，带他去了事件发端的日本国会南便门。

田中宏带他去了家乡冈山县的村庄，两人还童心大发，到村外的蓄水池里游泳。这个小村庄从没来过印度人，所以一到村里的公

---

[1] 桦美智子（1937年11月8日—1960年6月15日），东京大学文学部学生，在日本人民反美的"安保斗争"中牺牲，时年22岁。

民馆，印度青年就被村民们团团围住了。席上的一问一答，田中宏至今记忆犹新。

村民问："日本最让你惊讶的事情是什么？"

印度青年说："最惊讶的就是，天皇还健在，还在东京的正中心拥有了规模这么宏大的皇居。我之前以为天皇已经隐居起来了。"

田中宏一翻译过来，全部村民都沉默了。

印度青年却接着强调："无数的人在那次战争中失去了生命，大家也都遭受了苦难。"日本村民没有反驳，也没敢接话。田中宏一边翻译，一边感觉到"内心受到了很大的冲击"。

1962年2月，田中宏的研究生课程即将结束，马上就要离开学校了。他进入了留学生后援团体——"亚洲文化会馆"工作。

开设这所会馆的是已故的日本著名"亚细亚派"人士穗积五一，田中宏教授至今仍称他为"穗积先生"。会馆位于东京千石，前身是学生公寓，有一座可容纳110人的宿舍。这里专门为到日本留学的亚洲各国学子提供住宿，只收取很低的费用。

在文化会馆的食堂，穗积五一要决定的是：让留学生们都"入乡随俗"，还是费劲地准备各国的食物？他最后决定："无论到哪儿，一个人都无法抛弃自己的民族和文化，我们要尽量准备让他们觉得像家的食物。"

留学生中有印度的素食者，为了他，穗积五一就让厨师学做蔬菜咖喱。来自伊朗、伊拉克、埃及的留学生信奉伊斯兰教，要吃按仪式祈祷的羊肉。穗积五一就让田中宏提着袋子去买东京伊斯兰教寺院的"祈祷羊肉"。

"所以我觉得穗积先生非常伟大,他老跟我说,不可以不尊重别的国家的人。"田中宏先生笑着说,"我们的食堂也出名了,那时候,东京大学一位著名的教授还经常拿着小锅来我们食堂买蔬菜咖喱呢。"

"在这里,一位留学生提出的疑问,给了我很大冲击,成为我几十年反战和平活动的最初起点。"他回忆。

1963年11月,新版1000日元面值纸币发行,上面赫然印着伊藤博文的画像,这在留学生群体间引起了不小的冲击。

亚洲留学生找到年轻的田中宏,向他抗议:"田中先生,为什么要把他印在国家货币上?日本一直是如何看待历史问题的?伊藤博文是令朝鲜人民十分憎恨的人,他在哈尔滨车站前被射杀身亡。现在竟然特意地推出这款纸币,为什么?"

留学生继续发问:"令我们更加诧异的是,没有一个日本人批评这件事。'二战'前也就罢了,战后的日本明明一直宣传'完全保护言论自由',但无论平日毫不留情地批判政府的知识分子,还是经常给报纸投稿的平民,都没有说一句话。你们能不能想一想每天用着同一种纸币的朝鲜人的感受?"

质问下,田中宏才发现自己从未注意到纸币的头像有何不妥。很久之后,他才知道,在韩国首尔,日本记者也被这样问过。"因为伊藤博文在'二战'前已经死了,所以日本人只觉得他是第一代总理大臣,但其他亚洲国家的人都知道他是侵略者。"

伊藤博文死于1909年10月26日。当时在明治大学留学的中

国学生黄尊三,写下了"那一天"的日记〔转引自黄尊三[1]《留学日记》,実藤恵秀[2](さねとうけいしゅう)译,东方书店1986年出版〕。后来,田中宏先生才读到了它:

"夜里,读了报纸号外:'今天上午九点,伊藤博文公爵[3]被韩国人[4]安重根[5]袭击,重伤,不久不治而亡。'这一击震慑了侵略者,鼓舞了亡国人民的士气,我们心里太痛快了。"

第二天早上,黄尊三又写:"八点,上学。教师演讲'伊藤公爵之死是日本帝国的一大不幸。但是,诸君不要因为公爵之死意志消沉。诸君务必发奋,如伊藤公般自强不息,竟伊藤公未竟之志。如此,伊藤公虽死,日本国力亦会长足发展,远远超过公爵所生活的时代。'我听了怒火中烧。侵略主义思想竟是如此深入日本人的心!(中间略去)伊藤的死,在韩国看来是大出一口恶气的好事,

---

1 黄尊三,于1905年赴日留学,1912年毕业回国。其在日记记载颇为详细,借此可获知他留日期间的生活及学习状况,洞察其思想善变轨迹。

2 実藤恵秀(さねとう-けいしゅう 1896—1985),明治二十九年5月13日在广岛出生。昭和十年加入中国文学研究会,24年回母校早稻田大学任职。翻译过黄遵宪的日本杂事诗等著作。昭和六十年1月2日死去。享年88岁。

3 伊藤博文于1884年7月7日封伯爵,1895年8月5日升为侯爵,1907年9月21日升为公爵。

4 "韩国人"及下文中的"韩国",1948年8月15日,南朝鲜成立了以李承晚为总统的大韩民国政府。这里由于种种原因,称安重根为"韩国人"与中国习惯不符。

5 安重根(1879—1910),朝鲜近代史上著名的独立运动家,刺杀日本政治家伊藤博文的刺客。被当今朝鲜和韩国分别称为"爱国烈士"和"义士"。2014年1月19日,安重根义士纪念馆在哈尔滨开馆。

对日本来说是损失，对中国来说则是把心往肚子里放了放。无论如何，安重根将光耀史册。"

了解了这些史实，让田中宏大受震动。从那时起，他才知道，和偷袭珍珠港同时，日军还进行了"马来半岛登陆战"；日本天皇宣布无条件投降的"玉音放送"，对台湾地区、朝鲜以及整个东南亚而言意味着"光复解放"。

"我和亚洲留学生年龄相近，应该在大致相当的年纪经历了亚洲太平洋战争。他们所说的'三年八个月'指的就是东南亚遭日本军国主义政府统治的时间。而我所接受的战后民主教育，对日本军国主义政府没有任何提及。和他们比，我本应了解更多伊藤博文的历史，但看到千元纸币，却毫无反应。我不禁痛切地扪心自问：自己和反应如此强烈的他们之间，究竟有什么不同？"

田中宏也开始了解，在新加坡，"二战"日军对华侨大屠杀的牺牲者遗骨收集工作在不断开展。1963年8月25日，新加坡还举行了对日赔偿要求大集会。事后，一个新加坡留学生给了田中宏一份集会特辑报道的中文报纸，他至今还小心保存着。

1967年2月，新加坡的中华总商会终于建起了"日本占领时期死难人民纪念碑"（汉语，碑名还有英语、马来语、泰米尔语[1]）。

而另一方面，伊藤博文登上纸币，并不是孤立事件。

1963年之后，每年8月15日，日本都会定期举行有天皇出席的所谓"全国战殁者追悼仪式"。

---

1 马来西亚和新加坡译作淡米尔语，泰米尔人的语言，印度宪法承认的语言之一。

1964 年春，也就是战后首次举行"战殁者叙勋仪式"的时候，田中宏的办公桌上静静地躺着一份《叙勋记事》剪报。那上面的照片是一位已经战死、稚气未脱的"神风特攻队"队员。

"对留学生们来说，看到日本报纸上公开的'叙勋名录'，再想到可能还包含着自己血亲名字的祖国牺牲者名录，不难想象这是侵略者罪行的'双重写照'。"田中宏说。

对他而言，印伊藤博文的千元纸币已经成为了一个重要的象征，也是对日本大众忘记战争罪恶的一记耳光。

1973 年，越南战争期间，有越南南方留学生告诉田中先生："东大学生拿我练法语口语，那是我们作为殖民地时被强行灌输的语言。东大是日本最精英的学校，怎么一点都不知道东南亚被法国侵略的历史呢？"

还有的越南南方留学生非常愤怒地给他看一张刊于《赤旗》报的"法语学习班"小广告，上面写着"为了印尼支那三国的友好未来学习法语吧"，主办的是"日本越南友好协会"。

"这和千元纸币代表的现象是一脉相承的。已经过去十多年了，日本的经济发展了，人们的思想却越来越奇怪了。"教授批评说。

直到 1984 年，千元日币上的伊藤博文，才被更换为日本近代的著名文学家夏目漱石。

"我觉得，日本人必须关注亚洲其他国家是怎么看日本的。"田中宏教授说，2013 年日本右翼提出废除"村山谈话"，日本的和平反战人士也召开了发布会，但只有韩国、中国、中国香港的媒体来参加，"日本媒体一个也没来"。

2013年，我国中央级大报的驻日记者打电话，邀请田中宏先生写一篇关于《开罗宣言》发布70周年的文章，他才突然想起来："这么一说，的确是70周年啊！"

对中国而言，《开罗宣言》的重要性毋庸置疑。关于台湾回归问题，《开罗宣言》的主要内容是：中、美、英三国对日作战的目的在于制止和惩罚日本的侵略；"剥夺日本从第一次世界大战爆发后，在太平洋上夺得或占领的一切岛屿"，使日本强占的中国领土，例如东北地区、台湾和澎湖群岛等"归还中国"。

随后，田中宏教授发现日本的媒体基本都没有报道开罗宣言70周年。

"这也和伊藤博文头像的千元纸币是一样的道理。日本人到现在也没有反思，总是随大流，只要没人提意见，自己就不觉得有问题，但其实在周围的人看来，实际却是有很大问题的。"

老教授仍在时刻警醒自己，因为早在几十年前，穗积五一就曾告诉他："必须把自己过往的经验和价值观都抛开，才能和在日本的外国人真正地相互了解、交流。"

第一次"民告官"，他帮留学生告赢了日本文部省

"在会馆的十年，是决定我一生的十年。"2015年在北京的一次面谈时，田中宏先生告诉笔者。

他25岁进入亚洲文化会馆工作，当年和夫人成婚。

当时，这对年轻夫妻几乎是"一穷二白"，就拜托穗积五一做

介绍证婚人。他们就在亚洲文化会馆的食堂把桌子搬开,作为简朴的结婚礼堂。就比生日蛋糕大一点的蛋糕,也将就成了结婚蛋糕。

"根本不是现在年轻人在酒店的豪华婚礼。既不是和式的'神前结婚',也不是西式的'教堂结婚',所以我自己造了一个词:'人前结婚'——'在人们的面前结婚'。"回忆当年朴素的幸福,田中先生捂着嘴笑了起来。

他记得刚工作时,有一名新加坡留学生租住在会馆附近,带了朋友到家里来,因此和房东吵了一架,因为房东不许带别人来住。

田中宏去调解时,房东毫不在意地骂了一句:"马鹿野郎!"

不少亚洲人听到这句话也可能很敏感,因为这是日本"笨蛋"的意思,中国抗日影视片中常出现。对战后的新加坡人来说,也是同样的感受,这是日军侵略者在新加坡当地经常使用的骂人话。

顿时,那位新加坡留学生觉得非常屈辱。"二战"结束没多久,战争的阴影还在留学生的心中。

"碰到这种情况,应该站在谁一边?当时的我不知道。穗积先生告诉我,你当然很容易和日本房东一个想法,但如果让留学生觉得你是个日本人、站在房东一边,就不行了,他会彻底对抗你,你就做不了这份工作了。"

当时会馆的一层大厅有电视机,留学生常围在一起看比赛。一次看拳击赛,当日本选手被泰国选手击倒的时候,所有人都热烈欢呼鼓掌。

"这个画面给我很大的冲击。我没有痛恨他们,而是想到一个问题:为什么大家都对日本人这样?原来日本给亚洲的人们造成了这么大的伤害。"

从 25 岁到 35 岁的十年间，田中宏逐渐开始真正了解了亚洲各国的青年。他的命运也更多地和异国同龄人交织在一起了。

1963 年，享受日本政府国费资助的一名新加坡留学生蔡瑞麟，突然被中止了奖学金，所在的千叶大学还给了他"开除学籍"的处分。

田中宏先生介绍，起因是 1963 年 9 月，马来亚联合邦[1]、新加坡、英属北婆罗洲(今沙巴[2])与砂拉越[3]等地区组成马来西亚联邦，来自东南亚的不少留学生们在马来亚和英国的驻日大使馆举行了和平抗议。因此，马来西亚联邦新政府，要求日本政府外务省[4]遣返时任马来亚留日学生会会长的千叶大学三年级新加坡留学生蔡瑞麟。

不久后，日本政府文部省（现在的文部科学省[5]）回应了这个要

---

1 马来亚联合邦，位于马来半岛南部的联邦。1948 年在英国的保护下，1957 年独立。1963 年马来西亚联邦成立时，马来亚联合邦构成其核心部分。

2 沙巴州，是马来西亚中的其中一个联邦国家。位于东马，在婆罗洲的北部，以前被称为北婆罗洲，在 1881 年开始被英国人统治，直到 1963 年 8 月 31 日北婆罗洲取得自治。

3 砂拉越，被称为"犀鸟之乡"，位于婆罗洲的北部。南部和加里曼丹交界，北接文莱及沙巴，是马来西亚面积最大的州属，其总面积有 124 450 平方公里。

4 外务省，日本政府负责对外关系事务的最高机关，职能大约相当于中国的外交部。

5 文部科学省，是日本中央政府行政机关之一，负责统筹日本国内的教育、科学技术、学术、文化和体育等事务。2001 年 1 月 6 日起，其由原文部省及科学技术厅合并而成。文部科学省的职能大约相当于中国的教育部、科技部和文化部的总和。

求,通告中断这名学生的奖学金:"昭和三十九年(1964年)9月4日,你的国费留学生身份被中止,特此通知。这是应贵国(马来西亚政府)要求而采取的相应措施。"

9月30日,留学生们以"文部省处分不当"为由,向东京地方法院提起诉讼,要求文部大臣取消处分。

田中宏了解到此事,是在1964年的12月末。当时,千叶大学刚刚向蔡瑞麟下达了开除学籍的通知书:"准用学则22条,昭和三十九年(1964年)9月4日正式除籍。"该校学则22条是:"由于疾病及其他事由,确认无法完成学业者,经过教授讨论商定校长批准后开除学籍。"田中宏先生批评说:"'准用'一词的微妙,的确被发挥到了极致。"

此事还有个更大的蹊跷之处:"文部省9月公布了处分,而为什么直到12月千叶大学才开除学籍?"留学生们认为这是千叶大学针对留学生提起诉讼的"报复措施"。

他们质问:"虽然文部省中断了国费奖学金,坚持大学自治原则的千叶大学却下达了这样的处分,实在是让人无法理解。没有了学籍就不能续签留学签证,蔡瑞麟就面临着被遣返的危险,大学难道仅仅是文部省的下设部门么?"

蔡瑞麟的师兄就住在亚洲文化会馆,田中宏不可避免地知道了这件事。从那时起,他不知道去了千叶大学多少次,深深卷入了这件事。

这之后,留学生们的控诉逐渐传到千叶大学的教员们的耳中。翌年1965年3月31日,留学生部的教授们几经商讨,终于决定让蔡瑞麟"再次入学"。但是，在4月15日召开的千叶大学评议会上，再入学决定又被否决了。

当天，关心此事件的约150名日本学生，对大学评议会的决定强烈不满，与校长交涉到深夜。田中宏也在现场。

学生们质问决定违反校规，"没有经过教授开会商讨决定"，要求评议会再次审议。他们还要求校长本人做蔡瑞麟的担保人，使他免受被遣返的危险。一个担心留学生处境、充满朴素情怀的日本女学生，一直哭着向校长申诉，给田中宏留下了深刻的印象。

交涉在凌晨三点时暂停，并未达成共识。第二天（1965年4月16日），大学本部前聚集了将近2000名学生，下午四点开始，与校长的交涉继续进行，但是大学方面并未作出任何让步。学生们的愤怒达到了顶点，直到夜里，大学方面终于答应了再次举行评议会的要求。

17日下午一点开始的临时评议会持续了11小时有余，田中宏和数百名学生一样，衣不解带，一直守候在会场周围，在千叶大学的办公楼内迎来了第三天的夜晚。

到了凌晨一点，评议会宣布驳回前几日的决定。

时任千叶大学的校长谷川久治出面表示："我承认留学生部的除籍手续多少存在些错误。后经各个部门慎重考虑、几经商讨，我校反对文部省的决定，允许蔡瑞麟作为自费留学生再次入学就读三年级。"学生们欢欣鼓舞。

蔡瑞麟恢复了学籍，当时的日本法务省也同意了更新他的留学签证，但是期限却从原来的一年缩短到半年，同时要求其宣誓不参加任何政治活动。蔡瑞麟并未同意此项要求,仅仅接受了许可更新签证的证明。

1965年1月,知名纪录片导演土本典昭[1]急急地来到亚洲文化会馆采访此事,田中宏也参与了接待。按照日本电视台"纪录片剧场"的企划,土本典昭要记录事件的概要和学生们的声音,脚本也已经制作完成,但不久就被电视台叫停了。

据土本导演所说,日本电视台中止拍摄的理由是纪录片可能会引起外交问题,案件也正在诉讼中。田中宏知道,3月中旬,NHK电视台的"现代映像"节目也来拍摄过,但最终也被腰斩。

田中宏回忆,土本导演在事后的文章中写道:"TV企划案不了了之,蔡瑞麟他们又被'日本'背叛了,他们是多么绝望啊,一想到这,我绝不能半途而废。"因此,土本导演在朋友工藤充先生和濑川顺一先生的帮助下,1965年6月终于自己制作完成纪录片《留学生蔡瑞麟》(50分钟)。

田中宏发挥作用的舞台,是围绕蔡瑞麟被中止奖学金的法庭判决。

从1965年4月开始,28岁的田中宏被东京地方法院指定为原告蔡瑞麟的辅佐人[2],与律师佐佐木秀典等一起在法庭上为原告辩护。

佐佐木秀典律师生于1934年,其父亲佐佐木秀世曾任自民党

---

[1] 土本典昭(1928—2008),日本纪录片导演,他拍摄的水俣系列纪录片奠定了他在日本纪录片史上不可动摇的地位,被认为是对日本百年来资本主义现代化历程的批判记录。1965年拍摄《留学生蔡瑞麟》(文中提到的作品),2008年6月24日,因肺癌去世,享年79岁。

[2] 辅佐人,在民事诉讼法上,与诉讼当事人、诉讼代理人一起,在规定日期出庭,辅助其陈述的人。

的众议院议员，出任第一次田中角荣内阁的运输大臣。1990年佐佐木秀典也当选了众议院议员，1993年任细川内阁的法务政务次官。

田中宏先生回忆和佐佐木律师的第一次合作："这是我第一次担当这样的角色，为了尽到自己的责任、尽力维护留学生的权利立场，我一丝不苟地听取、了解双方的主张，老是跑去律师所商量对策。所有能找到的法律相关书籍，我全部拿来参考学习……"

庭审中，当时的文部省官员也出面了，而"初出茅庐"的田中宏却毫不退缩让步。

日本文部省的主张是，国费外国留学生制度是以促进日本与其他国家友好亲善为主要目的的政策，奖励留学生个人并不是直接目的，只是政策的自然影响之一。

田中宏则认为："这样的主张完全没有尊重留学生的个人权利。事件后一系列的行为，中止奖学金、大学除籍、签证有效期缩短等，哪一个不使人们感到外国人在日本的地位是如此岌岌可危？"

案件审理持续了四年半。1969年4月，东京地方法院宣布留学生蔡瑞麟全面胜诉。

法院的判决书中写道："如果我国政府当时按照外国政府的通牒，不问任何理由就取消该生的留学生身份，该留学生至今为止的学习成果都将付之东流。日本国费留学生制度形成的基础是尊重留学生个人意志和人格、在本人同意的前提下录取。如果留学生们必须时刻忧心母国政府会发出无视个人意愿的通牒，只能在惊恐不安中学习，无疑是对国费留学生制度根本性的颠覆。"（转引自1967年日本《判例时报》555号）

做好继续应战准备的田中宏,看到如此大快人心的判决,"不禁松了口气,安下心来。""我很震惊的是,自己第一次参加民告官诉讼,怎么就胜诉了?!怎么打官司的经验,全是通过这次实战学习的。后来代理中国'二战'受难劳工的花冈诉讼,也依托了这次文部省诉讼攒下的经验。"田中宏先生告诉笔者。

1965年,蔡瑞麟的祖国从马来西亚联邦中分离出去,独立形成新的国家——新加坡共和国。所以败诉的文部省也只能放弃继续上诉的请求。蔡瑞麟胜诉的判决已成为既定事实,奖学金未支付的部分全部归回给邱尔。

1965年秋季,蔡瑞麟已再次以留学生身份,进入大阪大学造船工学科学习。本来预定1964年秋季入学的他,因为这次事件,白白浪费了整整一年的时间。他毕业回国后,在新加坡的一家造船厂当上了工程师。

田中宏先生也无私地曾为留学生"维权"。

在蔡瑞麟案的审判过程中,1966年春季的一天,东京农工大学[1]的老师来到亚洲文化会馆。他告诉田中宏,他指导的新加坡留学生陈念伟患肝病入院治疗,却无力负担治疗费。因为当时日本的国民健康保险只针对本国公民,这个留学生的治疗费用全要自己承担。

当时亚洲文化会馆也没有特别的经济来源,但作为接待员的田中宏不能弃之不管,只好先试着联系了民政部门。

---

1 东京农工大学,建立于1874年,拥有农学部和工学部的日本国立大学。与京都工艺纤维大学以及信州大学并称"纤维三大学"。

他回忆，当时新宿福祉事务所的工作人员非常认真地接手了这件事。当时贸易不畅，无法进行国际汇款，田中宏把他亲人从新加坡寄来的信翻译成日文，办了很多申请，按"紧急适用"程序接受了医疗救助。东京农工大学募捐筹集的善款不足以支付全部住院费用，以后的费用全部由日本政府财政承担，另支付给该生每月900日元零花钱。

田中宏刚刚感到"暗暗窃喜"，事态急转直下。

陈念伟在入院前刚刚申请更新签证，但有关部门却不批，意味着他将被驱逐出境。

那时，陈念伟本人还在医院，田中宏拿着那封信件，找到了当时位于品川的日本法务省东京入国管理事务所（注：即现在的东京入国管理局）。

田中宏问事务所的工作人员："是不是搞错了？"对方一副公事公办的态度："因为这个留学生被出入国管理令认定为公共财政负担者，不可取得居留资格，之后会给他办理驱逐出境的相关手续。"

田中宏事后非常自责："就因为我帮他获得了医疗援助，他竟被问责违反了出入国管理令，而成了'不法居留者'[1]？我非但没干脆利落地解决问题，反倒捅了大娄子。"

之后，身着制服的日本入国警备官好几次来到了国立东京第一医院，对病床上的大学生进行了"违法调查"。当时陈念伟的病情严重，无法强制遣送出境，但9月中旬，终于还是康复到可以坐飞

---

[1] 不法居留者，没有居留资格或者资格过期却还混迹在日本的外国人。

机的程度了。

作为"不法居留者",如果得不到"自费出国许可",就无法安排回国。田中宏陪着虚弱的陈念伟到入国管理事务所办理手续。他在走廊等了将近一个小时,留学生才从取证室走了出来。

他用虚弱的声音缓缓开口:"田中先生,到底是怎么一回事……他们取了我十个手指的指纹,照了正面和左右侧面的照片,甚至让我张开嘴取了牙印。"

"我出于好意去福祉事务所帮他办医疗救助,却害得他落到如此境地,听了他的话,简直无地自容到了极点。"田中宏回忆说。

后来他才了解到,日本厚生省关于针对外国人的生活保护法适用规定中说:"对外国人进行援助,必须通报入国管理事务所。""在陈念伟同学的事件中,新宿福祉事务所其实很快联系到东京入管部门。我作为留学生负责人,完全不了解这样的制度,就轻率为援助而奔走。我极其后悔,但已于事无补。"

陈念伟订好了次日回国的班机。这时,田中宏义愤填膺,提议道:"晚一两天回国又怎样,遭到如此恶劣的待遇,我们一定要讨个说法。"但是留学生说:"田中先生,你的好意我心领了,但我想尽早离开这个国家,越快越好!"这话让日本青年无言以对。

翌日,瓢泼大雨。新加坡的留学生、农工大学的师生都来到羽田空港为陈念伟送行。田中宏也随同送别,心情无比黯淡。

离别之际,陈念伟对送行的各位说:"多谢大家一直以来的照顾。"说完,深深鞠了一躬。他走过来,对田中宏说:"田中先生,我最后还有一件事拜托您。我的飞机起飞之后,请将这封信封起来写上地址寄给法务省。寄出之前，您也可以先看一下。"

田中宏好奇地接过来，信封上写着"日本国法务大臣亲启"。

信的大致内容是："我来日本留学，受到了很多人的照顾。尤其是生病以来，得到了太多的帮助，之后还得到了日本政府的援助。但是也正是因为日本政府的援助，我被当作罪犯从日本驱逐出境，这件事我一生都不会忘记。我保留必要时公开这件事的权利。"

田中宏将法务省的地址写上后，第一时间寄了出去。他试图联系新闻媒体，但是很不凑巧，当天是报纸休刊日。

后来，陈念伟回国后，在家族企业从事贸易工作。田中宏竭尽所能，不断向法务省和厚生省（现在的日本厚生劳动省）提出要求杜绝这一问题，但是终究因为部门间的"踢皮球"，诉求无人倾听。

越战阴云

生病留学生被驱逐出境，也是因为日本的"出入国管理令"（以下简称入管令）。1969 年 3 月，入管令的全面修正案被提出。修正案加入了条款：一是禁止在日外国人参与政治活动；二是新设立事实调查权；三是关于居留资格特别许可，从"外国人本人可以向法务大臣申诉异议"改为了"必须由入管所长呈报上去"。

对于这个修正案，田中宏先生也不得不给予很大的关注。

因为，越南战争来了。

1955 年，美国艾森豪威尔政府在南越扶植吴廷艳，建立亲美民主政权——越南共和国，和社会主义阵营国家支持的北越（越南民主共和国）敌对。在日本的越南留学生们大多数来自南越，反对美军入侵越南。

1965年2月，不断激化的越南战争达到高潮，美军开始空袭北越。在日本的越南留学生当即做出反应，2月13日，在东京中心举行了第一次"祈求和平游行活动"。

当年4月，民间组织"越南，和平！"市民联合会（越平联[1]）成立了，代表为现在已故的川端康成文学奖得主、反战和平人士小田实[2]。

田中宏先生回忆，当时，亚洲文化会馆的大厅里，人们都紧张地围坐在电视前，目不转睛地盯着屏幕。当新闻播放到越南遭到空袭、村民小孩在爆炸中倒下的惨状，有越南女留学生说："这是我家附近啊！"随即痛哭了起来。

1966年4月，东京大学经济学部本科四年级学生、日本国费留学生文达堂（注：名字为日语音译）去办延长签证的手续，却被越南驻日本大使馆告知："不同意签证延期，必须回国。"另一边，日本法务省以"护照失效"为理由，拒绝更新他的居留资格，翌年3月，更发布了"强制驱逐"的通知，这引起了社会轰动。

东京大学校长大河内一男呼吁不执行强制遣返的决定，与当时的内阁法务大臣田中伊三次会面，寻求妥善的处理方法。同时，以

---

1 越平联，即争取越南和平市民联合会。
2 小田实，1932年至2007年7月30日，越战期间著名的市民反战运动家，护宪运动主力之一，畅销书旅行记《什么都去看一看》的作者。1997年获得"川端康成文学奖"。

东京大学学生为主的社会各界人士结成"守护会",在很短的时间内征集到了超过10万人的签名。

将这10万人联合签名的呼吁信送往日本内阁的,就是时年29岁的田中宏。

他回忆:"当时有一位很关心留学生的自民党议员,经常来亚洲文化会馆。我们就拜托他带我们去送呼吁信。馆长让我去,对我说:'虽然你要去的是红色地毯尽头的法务大臣办公室,但是你拿着的签名传达的是十万多人的意志,你不用有任何的畏惧!'"

走出办公室接待田中宏他们的,是法务大臣的秘书。"秘书说:'你们这样收集签名送过来,很烦人,也扰乱了社会秩序,我们感到很困扰。'我就一下子生气了,对他说:'自从明治时代以来,日本就接受了很多留学生,周恩来也来日本留学过。这些留学生为了留在日本这么努力,您说我们是扰乱社会秩序,我不能接受!'"

田中宏诚恳大胆的对答,打动了这名秘书。

那天,是工作日的中午。有女工作人员不断来递纸条给秘书说"有工作"或者"有电话",秘书就说:"都先等等,我要好好听这个人说话。"一开始田中宏只打算说5分钟,后来秘书足足耐心地听了半小时。最后秘书接过呼吁书时说:"没想到大家这么努力,刚才真是对不起。"

"这是我感觉到努力之后、真的有人会改变的一瞬间。"田中宏先生告诉笔者,"只要你有信念,真的不用害怕权势。"

1969年6月,越南留学生激烈地谴责美国政府和南越政权,在东京的南越大使馆前静坐示威持续了一整晚。

田中先生也在旁边紧张地"掠阵",还拜托佐佐木秀典律师"如果有紧急事态发生,就请赶来"。"日本警察不能进入使馆区域,除非大使提出要求日本警察才能进入,但是正好那天大使去参加国际会议了,我想,他们还真聪明啊,是瞄准了这个时间差吧。"

然而,这次的静坐行动刺激了南越政府。

留学生在祖国的家人被越南的公安和教育部门传唤警告,禁止给留学生寄钱。亲人在寄来的家书中表达了担心,但也有人让留学生们"代替无奈的越南人去战斗"。

越南留学生们断了来自亲属的经济支持,在东京板桥区居住的一位在日朝鲜人,主动免费让留学生住进了他的房子。他18岁就来到日本,从学校毕业后经营了一家电器商店。这个小老板激励留学生们:"房子免费借给你们住,不是因为我有钱。咱们同为亚洲人,希望国家统一的心情是一样的。如果你们吃不上饭了,尽管跟我说!"

到了1969年9月,三个留学生接到了"回国参军"的征兵令,其中一人就住在田中宏所在的亚洲文化会馆。顿时,越南留学生们人人自危。

在此前大使馆静坐行动的基础上,他们成立了"为越南和平统一而战·在日越南人联合会"(简称"越平统")。亚洲文化会馆也就成了这群越南留学生的"根据地",很多事情他们都和田中宏商量。

这样的大环境下,入管令修改案"禁止在日外国人参与政治活动"的条款,自然被留学生们所反对。1969年7月,他们发表了《要求撤回入管法案——来自25名留学生的共同声明》。这块小石头激起的水花，自然无力改变这一法案。

就在20世纪70年代拉开序幕的时候，南越政府发电报给不服从回国从军命令的6名留学生，宣布南越军事法庭对他们处以"监禁六年，剥夺公民权及家族权20年"的判决。

这6个青年，3人在日本，3人在联邦德国留学。回国就是被捕，他们将何去何从？

1970年2月下旬，联邦德国的政府部门和大学均表示："即使越南人的护照被判无效，我国还是批准他们的居留许可。另外，如果本人同意，会将他们作为政治难民加以保护。"

田中宏先生评价："他们理解留学生的处境，明确维护留学生人权，这比当时的日本政府、大学可进了一大步。"接下来，就看日本方面怎么做了。

同年3月，东京入管部门审查了18名越南留学生的居留资格更新。其中就包括3名被南越政府判刑的学生。

学生们的申请表现得非常孤注一掷："针对禁止亲属汇款并缺席判决的南越政府，我们不再申请签证延期。"留学生单方面主动放弃了签证延期，大家都很关注日本法务省会怎样应对。

最终，在社会舆论的压力下，尽管没有南越政府批准的签证，日本政府部门还是让步了，越南留学生成功实现了居留资格的期限更新。

一个中国女留学生的抉择

越战阴霾之后，田中宏先生见证的是台海风云变幻下一个中国女留学生的抉择。

她叫刘彩品，后来成为我国著名天文学家。

刘彩品出生在中国台湾嘉义，1956年赴日本上大学。"虽然她不是亚洲文化会馆学生，但是经常来穗积先生家玩。所以我们认识了。"田中宏先生告诉笔者。

1970年5月，她引起了日本社会的轰动。

当时，刘在东京大学攻读天文学。当年4月，她的居留资格即将到期，需要更新，可她的"中华民国护照"两年前就失效了。5月，为了更新居留资格，她去了东京入管部门，因为"护照过期且原因不明"，最终没有得到盖章许可。

刘彩品告诉田中宏，她放任护照过期的真正理由是："作为中国人，我不承认'中华民国'，只承认中华人民共和国。"

在中日未正式建交的当时，这个表态在日本是多么惊世骇俗，又将承担多少压力和威胁？

她觉得，因为不申请护照延期的理由十分充分，预计这次可以取得许可证明。可是提交材料后，日本法务省并未给出任何通告，而是决定搁置。

刘彩品写了2万多字的陈述理由书，但即使这样，法务省仍未做出决定。于是，以东京大学天文学教研室为中心的"支援刘彩品活动"开始了，后来，青年学生、左翼人士又组成了几个支援小组，这个中国留学生受到越来越多的社会和舆论关注，也登上了《朝日新闻》等日本主流大报的版面。

到了8月，媒体报道了法务省的最终决定："刘彩品已向'中华民国'大使馆表示，要与'中华民国''断绝关系'，如果相关文件经法务省确认无误，确定中华民国不再交付护照后，可以取得居留资格更新的许可。否则不予许可。"

8月15日，刘彩品不得已向所谓"中华民国大使馆"递交了《断绝关系书》，并将复印件提交日本法务省。但是法务省却出尔反尔，还是迟迟不批。

到了9月，法务省又提出了新的条件。刘彩品告诉田中宏："他们之前要求我在书面文件中，清楚地向日本政府表明对所谓'中华民国'的反对态度。后来却要求我再写一份相反的表态，我不可能答应！"

最终，在刘彩品的坚持、日本左翼人士的支持下，时隔6个月，9月下旬，日本政府部门终于批准了刘彩品的居留资格更新。

就在这个中国女生胜利后的10月，加拿大承认了"一个中国"原则。此后，经过"乒乓外交"，在翌年即1971年的7月，美国总统尼克松访问中国，这个消息也震撼了刘彩品和田中宏。

1971年，已为人妻的刘彩品支援祖国建设，跨越重洋，举家搬回南京定居，就任紫金山天文台研究员。

1981年12月，中华全国台湾同胞联谊会成立，刘彩品被选为第一届理事，随后又当选为第六届全国人大台湾团13位人大代表的一员。同年，她提议赠给台湾大熊猫，是赠台大熊猫提议的第一人。

当20世纪90年代，田中宏先生参与中国"二战"劳工受害者对日诉讼时，刘彩品也以全国人大代表身份，多次赴日旁听助威。

与田中宏先生结缘的华人，可不止刘彩品。

祖籍广东、生于新加坡的卓南生教授，青年时期在早稻田大学求学时曾住在"新星学寮"，他也是田中宏先生家的常客。

如今，他是著名的新闻史学家、日本政治问题专家，身兼日本京都龙谷大学名誉教授、北京大学新闻学研究会副会长兼导师等数职。

田中宏回忆，每年正月初一开始的头三天，绝大多数日本人都回家了，留学生就呼朋引伴，都跑到他家来了。六七个榻榻米大小的两间屋，被挤得满满当当，"十个人十个人地带着家乡菜来，人多的时候，我还要去邻居家借椅子。上午越南菜，下午印度尼西亚菜，感觉一整天都在吃！对我来说很新鲜的是，有人带猪耳朵来，还有越南的涮锅是放醋的。夫人都不用做饭，只用帮帮忙。"

田中先生总结说："对于我来说，从事援助留学生的工作，那些经历从一个个的点渐渐连成线最终形成面，我的视野越来越宽广。我结识了很多在此之前根本无缘遇到的人，他们让我突然发现，世界为我敞开了大门。离开亚洲文化会馆后，我踏入了'外面的世界'，却没有丝毫的不适应，正是因为每一个人的交往、经历给予我冲击，让我看到了真相。"

即使他离开亚洲文化会馆后，依然无私地帮助被日本社会歧视的外国青年。

1976年秋天，他从亚洲文化会馆离开到爱知县立大学工作。之前结识的好朋友、新加坡留学生找到他，带来了一位在日朝鲜人、同校师弟金敬得的求助。

金敬得1949年出生于和歌山市，1972年毕业于早稻田大学法学部。他通过了 60∶1 录取率的司法考试难关。但是为了成为一名律师，必须要进行长达两年的司法修习。当他到司法研修所申请的时候，却被告知日本最高法院（司法研修所隶属于最高法）把加入日本国籍作为录取司法修习生的条件。

但是，金敬得坚持，拒绝加入日本国籍。

他在给日本最高法院的请愿书中写道："我小时候非常怨恨自己生为朝鲜人，尽一切可能剔除自己身上朝鲜的影子。我不得不时刻注意周围有没有人发现我是朝鲜人，一直必须忍耐这种小心翼翼生活的苦楚。"

"在日本，国籍差别、对朝鲜人的歧视慢慢消解，随着日本的民主化，我不禁思考，民主化对我来说最有意义的是什么？为了逃离日本社会的各种歧视，23年来谨小慎微的生活带给我的空白怎么弥补回来？考进大学法学部的意义何在？一个个问题萦绕在我的脑海中。后来我得出结论，我要通过司法考试，成为朝鲜人司法修习生，最终成为一名朝鲜人律师。四年来，我做各种兼职来维持生计，日夜苦读，终于，在今年的司法考试中我取得了合格的成绩。（中略）"

"在这样的时刻，我不能随便就申请加入日本国籍。因为这可能是我作为一名律师不可以更改的立足点。（中略）很多同胞的孩子也可能很恨自己是个朝鲜人，幼小心灵受到了伤害。我想对他们说：不要以身为朝鲜人为耻，要骄傲地活下去！如果这话由一个改了国籍的人说，那还有什么效果？"

田中宏被深深地感动了。就这样，他开始帮助金敬得争取司法研修所入所的资格。为此，他还编纂了一本书《司法修习生、律师和国籍》，1977 年在日本评论社出版。

后来，金敬得终于成为一名正式律师。

他和中国也很有缘分。1995 年，中国花冈劳工受害者对日本企业鹿岛公司发起诉讼，金敬得律师就是 15 人律师团的一员。

"不能原谅忘记历史的行为"

1958 年 2 月，田中宏第一次知道了中国劳工刘连仁。他在大学学汉语时，日本媒体报道了躲藏在山中 14 年而不知道战争结束的"雪人"刘连仁，轰动了全日本。

"那是我和刘连仁先生的相会。"田中宏先生说，"我虽然在学习汉语，但是对于战时日本从中国强征劳工 4 万多人的事实却不知情，这给我很大的打击。"

"我为自己的无知感到羞愧，于是从父亲的书架上取出一本书：《三光——日本人对于中国人战争罪行的告白》（光文社，1957 年），认真读了。不久后出了一本新书叫作《躲藏 14 年的中国战俘刘连仁记》，我马上买了一本来读。这本书 1972 年由三省堂再版发行的时候，日本媒体还约我写了一篇书评。"

20 世纪 90 年代至今，数十年间，他和日本同仁为中国劳工所付出的心血努力，会在下一章"尊严苦旅"中记述。

2013 年笔者赴日时，正值日本参议院大选期间，马路边有不少安倍晋三的宣传画，上面写着口号："我们要夺回日本。"

"他所指的是修改日本和平宪法第九条，让日本有建立国家军队的权力。"田中宏说，"我绝不希望他成功'夺回日本'。"

2013年日本大馆"6·30"慰灵祭活动后的欢迎会上,中国劳工遗属、中国驻日大使馆代表、华侨和日本友人一起合唱《国际歌》。前排左一为町田忠昭,右四为田中宏,右五为林伯耀,右六为日中协会理事长白西绅一郎。

  2015年7月15日,日本众院和平安全法制特别委员会凭借自民、公明两党的赞成票表决通过了以解禁集体自卫权为核心内容的安全保障相关法案。在此前后,数百万计的日本民众在日本各地抗议,甚至包围日本国会,抗议安倍内阁强推"战争法案"。78岁的田中宏先生也投身其中。

  老教授笑着说:"我一直也没有怎么锻炼,只是上学时踢足球而已。但到现在这么健康,也许是安倍晋三先生所赐。他还在,我也必须坚持健康地战斗下去。"

  安倍晋三曾和麻生太郎多次出访东南亚国家,进行"价值观外交"和"金元外交"。但田中宏认为,其他亚洲国家是因为经济原因和日本交往,"并不是真正尊重日本"。

"作为'二战'的发起者,德国在战后受到欧美各国警惕,加之美苏冷战影响,也必须分裂压制,使之不再成为威胁。但东西德统一,竟然受到了欧洲各国的祝贺和欢迎,这显然是因为德国对历史问题的重视。反观日本,因为没有好好面对历史问题,在亚洲各国都无法得到真正的欢迎。"

田中指出,现在的问题在于,日本总自认为是美国的"极西地区",而不是亚洲的"极东地区"。"现在的日本还没有真正融入亚洲社会,我觉得日本的政治家和民众都必须更清醒地认识到这一点。"

出乎意料,这位中国人民的老朋友,对自己的定位是"真正的民族主义者"。

"我的老师穗积五一是民族主义者,他是真正的民族主义者。我也是民族主义者。"田中宏先生的话使笔者惊讶,"现在亚洲各国痛恨的日本右翼分子,是'假民族主义者'。因为真正的'民族主义者'应该是重视民族、国家的长期利益,从这点来说,我们才是真正为日本这个民族和国家考虑的人,我们坚持认为日本只有面对曾经的战争罪行,并加以彻底反省,才能真正自立于世界民族之林。"

"我是一个民族主义者。真正的民族主义者是爱自己的民族,也平等地对待其他民族,希望自己的民族、国家能得到其他国家的尊重。"现任日本一桥大学名誉教授的田中宏先生对笔者说。

六、尊严苦旅:中国"二战"受害劳工对日诉讼

对于抗日战争中的幸存者同胞来说,只要日本政府和法庭还不承认战争罪行,战争的血泪苦难就仍未结束。

田中宏教授介绍,20世纪80年代后期开始,中国民间开始启动对日索赔。"1987年9月有来自湖北的李固平,1991年3月有来自北京的童增,他们先后在全国人民代表大会上提出了对日索赔问题。"

在日本右翼叫嚣否认战争罪行的前提下,我国"二战"受害者至今仍在坚持对日诉讼及索赔,坚持讨回尊严和公道。

历史的苏醒

"花冈暴动"的加害者是日本军国主义政府和鹿岛公司。但战后,他们是否得到了应有的惩罚?

答案是否定的。

清华大学刘江永教授介绍,1948年3月1日,鹿岛公司花冈作业所所长河野正敏等7人被送上横滨国际军事法庭,判为乙丙级

战犯，处以绞刑或无期徒刑，与甲级战犯嫌疑犯岸信介一道被关押在东京的巢鸭监狱。

然而，其后美国为在朝鲜战争中利用日本，对抗中、苏而改变了对日占领政策，这些战犯竟于1953年被先后释放，逍遥法外。

刘教授介绍，1948年4月16日，盟军最高司令部法务局报告曾指出："岸信介是东条英机最亲信的文官之一，他所管辖的工商省应对军需工业使用俘虏和强掳中国人劳动问题负责。"然而，同年12月美国占领当局又以"是否能确定有罪，尚属疑问"为由，对岸信介免于起诉而释放。

1946年至1951年，鹿岛守之助被解除公职，但其后则当选日本参议员，并于1957年在岸信介内阁任北海道开发厅长官。

正义不彰，沐猴而冠，莫过于是。

1989年12月，以耿谆为首的花冈惨案幸存者，第一次对鹿岛建设公司发出公开信，严正提出"公开谢罪、赔偿、建立纪念馆"的三项要求。

1990年6月30日，耿谆老先生等幸存者及遗属6人赴日，在大馆市祭奠了花冈惨案的死难同胞。

7月5日，他们赶到东京，在日本国会会馆内，与关注此事的日本国会议员座谈。

据"强掳中国人思考会"通讯刊载，亲历者明治学院大学司马纯诗教授记录，7月5日下午3点至5点，在东京赤坂鹿岛建设智能大楼20层的会议室，历史性的会议如期举行。

参会的中方代表为劳工幸存者及遗属、代理人、翻译等一行

20人。

鹿岛建设公司方面,由村上光春副社长为首8人出席。

此外,作为见证人的日本政治家田英夫、众议院议员佐藤敬治、众议院议员竹村秦子列席。

团长耿谆老先生首先发言,就中国劳工各自的亲身经历,控诉强掳劳工受到的虐待、辛酸屈辱与痛苦。鹿岛建设公司方面,认真听取并道歉,并未做其他申述。

会议达成以下《联合声明》:

第一,这次事件在日本是第一起因企业的战争罪行向被害者直接道歉的事件。但,此次事件是基于当时的日本政府内阁决议所引起的。鹿岛建设承认中国劳工被强征并被强迫劳动的历史事实,认识到自己应负的责任。暂且不论其他作业点,对于花冈作业点,鹿岛建设致以歉意。

第二,关于中国劳工受害者的公开信内容进行讨论。

第三,双方仅约定今后再与代理人协商具体事宜。

"一句'对不起'竟需要45年的等待……"会后,司马纯诗教授听到旁听者如此感慨。

这位教授分析认为:"尽管如此,这一声明确实是去年以来各种努力下的一个里程碑。从影响一些心怀愧疚的企业及日本政府的角度来看,它是有历史意义的。日本政府的外交策略并非已将从前的帝国主义罪恶完全清除。强制胁迫其他民族牺牲的政府及掌权者,得不到我们的信任。在全球化程度不断加深的世界,如果政府及当权者不尊重其他民族人权,就不配日本国民的托付。"

"美国、加拿大对美籍、加拿大籍日本人的战后补偿,德国政府及企业的战后赔偿、谢罪,都揭示着世界对人权的重视程度逐渐加深。中国受害者和鹿岛公司的联合声明仅仅是第一步。今后将争取各企业及政府的公开道歉及具体赔偿。"司马纯诗教授写道。

"七七事变"纪念日当天,中国劳工幸存者及遗属在东京召开研讨会,场内座无虚席。7月9日,他们还参观了花冈事件中乙、丙级战犯审判的横滨地裁特号法庭。

1990年11月7日至11月13日,田中宏先生、新美隆律师、内田雅敏律师、内海爱子女士、野添宪治先生等"强掳中国人思考会"的8名成员访问中国。

11月7日晚9点半,他们见到了"花冈事件"幸存者39人、遗属11人,包括两边都有家人搀扶的年逾八旬的幸存者老人。

"幸存者、遗属的人数远超预想,使我们一行人很震惊。"田中宏先生回忆说,"他们大多是农民,脸上刻着深深的皱纹,有无尽的话要诉说。"

在此后的交流会上,国内志愿者报告,当时查明的幸存者47人、遗属150人。幸存者回忆当年受难经历时,一边用手帕挡住眼睛一边说着,老泪纵横。

当新美隆律师给劳工幸存者和遗属讲解当年的战犯审判时,一位幸存者老人愤怒地说:"为什么要放了他们?!"

晚上,田中宏先生见到了一位特殊的客人。

他是时任北方工业大学党委书记、副校长的王起祯。花冈事件幸存者的访日运动在报纸上一登,王起祯就看到了,和田中宏先生取得了联系。王起祯的父亲被侵华日军强掳到福冈的三井、三池矿山，在日本受尽折磨而去世。父亲被强掳后，他的家庭饱尝了生活的辛酸艰难，这使他毅然决定向三井矿山要求谢罪赔偿。

1991年6月28日，花冈迎来了幸存者李铁垂、孟连祺以及遗属扬彦钦。6月29日，幸存者、遗属与日本著名政治家、参议院议员田英夫一起，重走了殉难地遗址。

1994年11月4日下午，在东京永田町议员会馆，时任日本内阁官方长官的五十岚广三会见了花冈受难者联谊会名誉会长耿谆。

耿谆表示："对花冈事件，日本政府也是有责任的。"他要求日本政府敦促加害者鹿岛建设公司，使其承担包括赔偿在内的责任。五十岚广三首次就花冈事件谢罪称："实在对不起，由衷地表示道歉。"接着，他还就解决包括花冈事件在内的战后赔偿问题，表明了"向前看"的姿态。

1994年11月10日下午，在东京参观原子弹爆炸纪念展时，时任日本首相的村山富市会见了耿谆老先生。在留下的历史照片上，村山富市鞠躬得比耿谆深。

同一时期，在林伯耀的支持下，河北大学的刘宝辰老师带着学生开始寻找花冈事件幸存者。从那时到现在，谷地田恒夫等日本友好人士总计39次来华，为幸存者做调查和记录。

"强掳中国人思考会"志愿者芹泽明男，是日本国际化工公司的一名普通职员。但他更有个特殊的身份——当年侵华日军的儿子。

1995年，他到中国调查取证，在石家庄第一次见到了被掳劳工遗属吕满云，当时她带着4岁的小孙女。吕大娘的老伴和女婿，还给这群日本友人带来了一车的水果。

劳工幸存者路洛掀老人曾告诉芹泽明男,他所在的河北石家庄市北洼村里,有好多同样遭遇的受害者。1997年8月10日,芹泽明男再次来到中国,成为战后几十年来走进北洼村的第一个日本人。

芹泽明男回忆,当天,他首先到了路洛掀老人家,吃上了河北的大西瓜。老人的弟弟问:"你有没有看过抗日战争的电影?"他用半生不熟的中文回答说:"看过《红高粱》。"

开始吃饭前,芹泽明男把想传达的话写在纸上给了路洛掀:"我的父亲曾是日本兵,参加过对中国的侵略战争,给中国人民带来了很大的伤害。作为他的孩子,我登门来谢罪道歉。"路洛掀告诉家人之后,他的老母亲用笑脸回应。芹泽明男才松了一口气,开始吃饭。

图为1995年5月26日,日本友人在"二战"加害中国劳工的西松建设公司前抗议,5月28日,花冈铜矿的中国劳工受害者孟繁武及其他劳工遗属、日本友人在神奈川和平游行示威,图片来源:1995年6月20日《二战日军强掳中国劳工思考会刊》第26期。

"后来我又多次到吕满云家里去访问。现在她的孙女已经在石家庄工作,也有男朋友了。很快,受难劳工又有下一代了,但日本政府谢罪赔偿的问题依然没解决。"

花冈劳工的尊严之战

1995年6月28日,花冈劳工受害幸存者及遗属正式向日本东京地方法院递交了一份长达308页的起诉书,状告鹿岛建设公司残酷虐待加害中国劳工的罪行,并提出索取民间赔偿的正当要求。

这是中国公民首次向日本法院控告"二战"中负有罪责的日本企业,因而备受世界关注。

原告团11名成员是:幸存者耿谆、王敏、张肇国、李铁垂、孟连祺、赵满山、李克金、孟繁武、李绍海。遗属杨彦钦(死难者杨心宾之子)、孙力(死难者孙基武之子)。

其中,李克金老人生于1918年10月。1944年5月以前,任国民党第15军64师少尉司务长。5月,在河南省洛阳抵御日寇进攻中被俘。途经石门、北平、青岛,被强制带至鹿岛组花冈办事处。日本投降后,留在了日本,在日本战犯审判中作为证人出庭作证。1948年2月回国,返回原籍成了一名普通农民。

柳寿欣老人生于1925年5月,河北省宁晋县曹五町乡东零村人。1943年,他家境贫困,不得已加入汪精卫的军队,在本村附近的炮台站岗。1944年,一班十几人商量后,准备起义投奔与本县的日军战斗的八路军。当天被日军发觉,全员被捕,途经石门、北平、青岛,被强制带至鹿岛组花冈办事处。日本无条件投降后,他于1945年12月中旬回国,返乡务农,自学医学。新中国成立后,他在本县的兽医所当兽医,直至退休。

原告律师团15人是:来自大馆市的川田繁幸、伊藤治兵卫,来自东京的清井礼司、新美隆、金敬得、内田雅敏、川口和子、上本忠雄、丸山健、芳永克彦,来自秋田市的庄司昊,来自盛冈市的高桥耕,来自仙台市的铃木宏一,来自冈山市的水谷贤,来自广岛的足立修一。

东京地方法院受理此案后,同年12月12日,此案第一次开庭审理,吸引了中日两国媒体的高度关注。

在日本的法院想要告赢日本企业,这是一个几乎不可能完成的任务。但中国受害者和日本律师们义无反顾,开始了连年无休止的奔波。

一次次开庭,让中国人和日本友好人士一次次失望。持续3年的马拉松式审理,总共7次开庭累计却不足5小时。

历史是何其相似。

1950年4月14日,时任中华全国文学艺术界联合会主席的郭沫若在《人民日报》发表了《对花冈矿山大惨案的声明》,引发全国强烈反响:"像这样的大惨案,我们相信,在日本投降前后,决不止花冈矿山这一次,而遭到屠杀的我国同胞也决不止这416人。……而在这一件大惨案真相大白之后,日本方面更处之泰然,这是我们不能容忍的。"

1995年12月10日《二战日军强掳中国劳工思考会刊》第30期中,日本友人发起"12·20行动"要对鹿岛建设公司施压,其中写道："纵使下雨，纵使刮风，排除万难，请来集结！"

在东京地方法院第七次开庭的1997年2月3日，在审理并无进展的情况下，审判长园部秀穗突然宣布："此案今后终止审理！"

满座震惊。

2月14日，耿谆老先生发出亲笔写的公开抗议书：

"法律是保障人类公道、维护人类争议而促进世界文明之准绳。法庭所执所秉，至大至公，不畏权势，不徇私渎职，秉公判案，唯理是听，具有崇高无上之尊严，人民赖以和平生存。"

"原告耿谆等，殷盼贵法庭从速恢复审理，使花冈事件请求案得到真正的结果。今对此案毫无审理结果，而即终止审理，提出抗议。贵法庭如不接受抗议，一意固执，实有损设法宗旨，不无亵渎法庭形象，敦请三思。"

王敏老先生也发出了愤怒的抗议书："我们全体花冈受难者及家属万分气愤，并强烈抗议东京地方法庭无视法律，同鹿岛公司同流合污，剥夺受害者的申辩权，无视正义，保护罪犯。我们也正告鹿岛公司，在血的事实面前，天良发现，不要再搞阴谋诡计、开脱罪责，因为正义必定能战胜邪恶。"

2月3日当天，原告律师团就要求园部为首的3名法官回避，可惜，东京地方法院民事18部于3月3日驳回了这项提议。

他们只好在3月10日向东京高等法院进行了申诉。但4月9日，东京高级法院拒绝了关于园部审判长以下3名审判官进行回避的申请。和平抗议集会多次举行，抗议信雪片般地飞往东京地方法院。

根据日本宪法和法官弹劾法的规定，法官由于工作中渎职、玩忽职守或犯有严重损害法官威望等过错，应对其弹劾。弹劾法官由日本国会两院选出的14名追诉委员组成弹劾委员会实施，对拟于罢免的法官进行追诉。国民虽不能直接进行追诉，但可以向上述弹劾委员会提出要求弹劾某特定法官的要求。

3月12日，田中宏教授为代表的110人联署，向日本国会的弹劾委员会提出弹劾审判长园部秀穗的请求。7月3日，他们又第二次递交请求，联署人达到了1092人之多。

6月3日，中方原告的律师团提交申请，要求继续被迫中止的法庭审理进程，继续法庭辩论环节，东京地方法院却置若罔闻。

6月26日—7月8日，时值每年"6·30"大馆市的花冈事件慰灵祭奠。山东省的劳工幸存者李绍海老人、河北的幸存者路洛掀老人、劳工遗属路贞良先生来到了日本。7月3日，高龄老人们先到鹿岛公司前，站在烈日下抗议，再来到了东京地方法院门前抗议。

1997年8月，福田昭典在《通报园部审判长中断裁判后的律师团进展》中如此总结："园部审判长武断地结束审判，对于原告团、辩护团都造成了强烈的冲击，但是这半年来，我们并非只是被无力感笼罩着，而是想尽一切办法。"

最后1997年12月10日，国际人权日这天，东京地方法院103号大法庭里，花冈诉讼案第八次开庭。为负担耿谆等原告老先生赴日，此前的11月，"二战"日军强掳中国劳工思考会不惜在日本进行了200万日元的紧急募捐。他们还印刷了大量抗议明信片，寄给鹿岛公司、东京地方法院民事13庭。

1997年9月18日，田中宏教授（右上图中白发者）参加对鹿岛公司、东京地方法院的两场和平抗议活动。图片来源：1997年10月2日《二战日军强掳中国劳工思考会刊》第42期。

开庭时，原告席上坐着耿谆、张肇国、孟繁武、赵满山等几位老先生，还有已故的李克金先生的遗孀中泽一江女士。旁听席坐着中国全国人大代表刘彩品女士、新华社等多家国内媒体记者和各国各地区关注此案的正义人士。

福田昭典回忆说："法庭里充斥着异样的紧张感。坐在旁听席里的所有人都知道，会是怎样的判决，心里压根没有一点期待。但是大家心里喊着'我们共进退'，决心和中国原告们一起共同迎击不公正的判决。"

东京地方法院作出了不公正的判决：一，驳回原告一切请求；二，诉讼费用由原告负担。福田昭典回忆，审判长园部秀穗面带紧张，念完判决后，就逃也似地离开了座位。

园部秀穗刚刚宣读完毕，原告席上就响起了"判决不公！"的声音。耿谆老先生面向旁听席而站，大声批判这一判决，再次表明"决心斗争到底"。旁听者们积极回应，掌声热烈。

130名中日两国友人在东京地方法院正门口举行和平抗议后，向日本国会议事堂、日本最高法院和外务省所在的霞关附近行进，进行和平游行，抗议不公的"园部判决"。耿谆老先生挥毫写下了14个大字："东京法院失公道，战犯鹿岛罪不容！"

作为花冈惨案的发生地，秋田县和大馆市纷纷举行了抗议声援集会。

大馆市民团体"花冈和平纪念会"副理事长谷地田恒夫发表声明，对东京判决表示震惊和气愤："日本政府和鹿岛加害者对战争责任的掩盖和推卸，将严重影响日本与亚洲和国际社会的交流。"

大馆市市长小畑元对判决感到非常遗憾，并向老人们致歉："我的前任已经做了，我以及后任市长都会一如既往地理解和支持你们，大馆市的人民永远支持你们，直到花冈事件的最终解决。"

1997年12月12日，中国原告向东京高等法院上诉。1998年7月15日，东京高等法院正式开庭。

1999年3月，花冈律师团的新美隆、川口和子两位律师和田中宏教授飞到中国，对耿谆老先生等原告报告了审判经过，讨论并准备下次公开审理所需要的各项材料。

"以耿谆先生为首，我们见到了花冈事件幸存者们现在精神矍铄的样子，但是也不得不承认他们也在变老。我们余下的时间不多了。"川口和子如此记述。

1999年9月10日，东京高等法院第17民事部提出"职权和解劝告"。当事双方代理人经过20轮协商，2000年11月29日，在东京高等法院第17民事部所设812号法庭，"花冈事件诉讼"最终达成和解。

依和解书条款，鹿岛建设公司一次性支付5亿日元，设立"花冈和平友好基金"，用于对986名受难中国劳工的赔偿、慰灵，遗属的自立、护理以及后代的教育等。

这时，原告孟繁武、王敏、李克金都已去世了，未能见到和解。

据2000年11月30日新华社的消息，我国外交部发言人章启月评价此事称："强征劳工是日本军国主义在侵华战争期间对中国人民犯下的严重罪行之一，花冈事件就是典型例证。我们一直要求日方对这一历史遗留问题予以认真对待和妥善处理。据我们了解，奴役劳工的日本鹿岛建设公司已经承认当年的历史事实，并对劳工幸存者及遇难者家属表示深切谢罪。"

促成这场历史性和解的审判长，叫新村正人。

这位法官促成和解后，却悄然隐去。之后，他曾独自一人悄悄来到大馆市，祭拜了中国殉难劳工慰灵碑。为了避嫌，来时没有告诉任何人。

在2013年6月29日晚的日本大馆市，大馆市民正在为来祭拜的中国劳工遗属举办欢迎会。笔者也在现场。

这时，一个清瘦的老人拿着话筒走上了前台。他还没开口说话，就获得了比任何在场的政治家更长、更热烈的爆发性掌声。

他就是新村正人，已经是从东京来的一名普通退休法官了。这是他第一次公开来大馆参加追悼大会。"因为我退休了,不再是公职人员。"老人笑着对笔者说。

为什么总是告不赢日本政府和企业?

2003年11月27日,10名中国受害劳工及遗族在日本长崎地方法院起诉了日本政府、长崎县政府和加害企业三菱综合材料公司。但长崎地方法院于2007年3月27日,用"诉讼时效已过"等理由,判中国原告败诉。中国原告逐级上诉,2009年12月24日,被日本最高法院最终驳回,以败诉告终。

民间对日诉讼屡战屡败,原因是日方法律上有四大"拦路虎"。中国民间对日索赔联合会副会长陈春龙曾告诉笔者,日本法院判决中国受害人败诉有四大"理由"。

第一条,日本法院认为中国受害者"个人对国家无请求权"。

虽然日本法院认定日本政府当时的行为违反了国际法,却认为个人不享有援引国际条约在日本国内起诉日本政府的权利。陈春龙指出,这里的争议,围绕《海牙陆战条约》第3条进行。该条约规定:"违反上述法规相应条款的交战当事者,有损害行为时应承担赔偿责任。交战当事者对于军队组成人员的一切行为,亦应承担责任。"

"日本法院认为个人不是国际法上的适格主体,但在战时国际法中,为了严惩战时不法行为,个人可以成为国际法主体,可以享有法律意义上的权利和义务。这已经过无数战争和审判实践检验,成为国际社会普遍公认的国际习惯法。日本政府其实也清楚这一点,在其提出的抗辩理由中不得不承认'个人一般不能成为国际法上的主体',而未敢否认'非一般'的情况。"

日本法院的第二条理由是"国家无答责"。

这是指国家公务人员行使职权发生违法侵权损害时,除有特别规定外,受害人至多只能追究公务人员的个人责任,国家不承担法律责任。

"这无论从致害人角度还是从受害人角度看,都是不公正的。"陈春龙指出,"而这一情况,在战争期间更加突出。"在日本军国主义发动侵华战争期间,细菌战、强制劳工服役等不法行为都是以"大日本帝国"名义,以公权力形式,有组织、有领导施行的。"它与个别军人违反军纪的个人行为有本质区别。如果以中国受害者只能追究日本军人个人为由而免除日本国家侵略责任,那就无论从法理上还是伦理上,都违反了公平正义原则。"

第三条,"超过10年的诉讼时效",是日本法院判决中国民间战争受害者对日索赔败诉的主要理由。

"这种判定是错误的、不公正的。首先,此种判定有意忽略、排除了消灭时效的起算时间点。"陈春龙说。

《日本民法总则》第166条第1项规定,"消灭时效自权利得以行使时起进行",日本国和相关企业强制奴役中国劳工,由于不当得利产生对受害人之债务,由于侵权行为产生对受害人损害赔偿之债务,中国受害人的此种债权,因客观障碍长期未"得以行使"。直至20世纪90年代,受害人才渐渐觉悟起来,知道自己的应有权利并付诸行动。

而且，从国际法角度看，日本民法20年消灭时效之规定，完全不适用于中国民间对日索赔诉讼。陈春龙指出，依据联合国《战争罪和危害人类罪不适用法定时效公约》："鉴于战争罪和危害人类罪是国际法上情节最严重之犯罪，在规定对其实行追诉权和执行权的所有正式宣言、条约或公约中，均不设定法定时效期限。"

第四条托词是："根据《中日共同声明》，中国人的个人索赔权已放弃，原告没有理由提出诉讼请求。"

2007年日本最高法院用这一理由判决"西松建设强制劳工"案败诉。就在日本最高法院宣布判决后，中国外交部即提出强烈反对，声明日方解释是非法和无效的。

而早在此之前的1995年3月7日，时任中国国务院副总理兼外交部长钱其琛就在全国人大会议上答复："在中日共同声明中，中国政府声明放弃对日本国的战争赔偿请求，限于国家之间的战争赔偿，不包括中国国民个人的损害赔偿请求权。"

2010年4月27日，中国"二战"被掳往日本信浓川劳工在日本东京，与日本西松建设公司达成和解协议，5名劳工代表在和解书上签字。

在和解协议中，日本西松建设公司"承认抓掳和奴役劳工的历史事实、认识到企业的责任，深刻反省，表示谢罪"，并支付1.28亿日元的赔偿金，折合人民币900多万元。当时被掳往信浓川的共183名受害劳工得到每人近5万元人民币的赔偿。

当时记录在册的183名劳工中有60余名劳工现已找到，中方律师正在搜寻其余受害者及家属。这笔赔偿金将交由中国人权发展基金会托管，成立由受害劳工、中日双方律师参加的管理委员会具体管理，从而形成以受害劳工为主导的、透明的被掳劳工基金模式。

与签署和解协议同时，中国被掳往日本劳工联谊会及其信浓川分会、中国法律援助团在北京发表声明，均认为"这一和解协议的达成一定程度上安慰了'二战'期间饱受苦难的被掳劳工及家属，告慰了已逝的信浓川受害劳工的灵魂，更重要的是，这一和解是迈出了全面解决'二战'被掳劳工问题的重要一步"。

从1995年至今，"二战"被掳劳工提起的诉讼基本均被日本法院判决败诉。

截至目前，"以非诉手段解决被掳劳工对日索赔"的第一例是西松安野赔偿案。而此次西松信浓川劳工索赔案，西松公司除谢罪赔偿外还"深刻反省"，同时加入了赔偿金额。

中日两国法律援助团见证了这一和解。中方律师付强认为，此次信浓川索赔和解协议的达成，对于其他中国劳工对日索赔问题起到很好的示范作用。中国人权发展基金会特约理事朱春立也认为，此次和解是在日本解决的，日本的社会舆论将会影响政府的态度，在对日本政府的索赔问题上也可能是一定的突破。

非诉讼的抗议路，中国劳工及遗属们、日本友人们依然在走。

2013年7月2日，中国花冈劳工遗属代表团来到日本国会，见了国会参议院议员、民主党议员田城郁。

刚当选议员3年的他还是一名新人。当选议员之前，他是日本JR铁路的电车司机，活跃在铁路工会组织中。

"我个人认为，当年日本侵略亚洲各国的悲剧绝对不能重演。"

田城议员说，"两国老百姓之间相互友好才能阻止战争再次发生。现在的安倍政权正在钓鱼岛问题上与中国产生争端，我个人的立场不一样。钓鱼岛等问题非常复杂，如果中日双方都强硬，肯定会导致战争。那么被牺牲、受害最大的肯定是两国的老百姓。"

日本 JR 铁路工会，同样也持反战立场。

JR 东日本旅客铁道劳动组合中央执行委员、企划部长柳明则告诉我，为了不忘却历史，JR 铁路工会 20 年来先后派 3300 多人次到花冈学习。到中国去了解 731 部队、南京大屠杀、抚顺平顶山大屠杀历史的工会成员，也已达到 3000 多人次。

"我们还呼吁大家一周捐款 10 日元，一个月就是 40 日元。靠这个捐款，我们已经在中国建立了 19 所小学。虽然是民间的交流，但是我们反对军国主义复活的决心是不会变的，这方面工作会持续做下去。"柳明则说。

田城议员也对劳工遗属代表说："最重要的是你们不要放弃。"

2013 年 7 月 1 日下午 1 点 40 分，张恩龙等人到达日本内阁官邸，再次递交要求日本政府企业谢罪赔偿的要求书。日本内阁总务官室的请愿事务负责人市村丰和接过要求书，并表示一定会转交首相安倍晋三。

从 20 世纪 80 年代就开始，劳工遗属多次向日本内阁递交万人签名的请愿书，但是一直没有得到任何答复。

2014 年 4 月 3 日，中韩"二战"受害劳工遗属代表及代理律师在北京表示，反对日本长崎"军舰岛"申报世界文化遗产。

军舰岛原名"端岛",位于日本长崎县。三菱公司在1931年前后,经过6次填海造地并建造了防波堤后,主要在此地进行海底挖煤作业。在煤矿工业鼎盛时期,该岛人数最多曾达到5200多人,其中包括"二战"时期被强掳到这里的中国劳工和朝鲜劳工。

据日本长崎大学名誉教授高实康稔的研究资料,在军舰岛被强迫奴役劳动的中国劳工有204人,相邻的高岛及崎户岛分别有205人和436人。在高岛的朝鲜劳工有3000多人,端岛则有约800人。1974年4月,最后一批人员离开该地,军舰岛至今已经荒废了40余年。

2013年9月17日,日本政府正式宣布,将九州与山口地区几处历史悠久的工厂向联合国申报"世界文化遗产",其中就包括"军舰岛"。

对此,韩国外交通商部曾紧急召见日本驻韩国公使,就日本政府的这一决定提出抗议。2013年2月4日,韩国外交通商部部长尹炳世与联合国教科文组织事务局局长伯克巴会谈时提出:"此处曾经发生过强征韩国国民做苦力的血泪历史,违反了世界遗产名录的基本精神。"

2014年4月3日,中国"二战"被掳往日本三菱受害劳工代表团在致联合国教科文组织(UNESCO)总干事长伊琳娜·博科娃的公开信中,中国"二战"被掳往日本三菱受害劳工代表团表示:"这些工厂及作业所在"二战"期间曾强迫中国、朝鲜劳工从事奴隶劳动,导致大量人员死亡。迄今为止,日本政府和加害企业不承认过去强掳中国人的事实,不谢罪,不赔偿,不清算惨无人道的历史事实。在历史没有清算的情况下,我们认为,'军舰岛'并不适合申报世界文化遗产。"

向三菱维权:"朋友啊,黎明即将到来……"

2007年4月,日本最高法院判决"西松建设强制劳工"案终审败诉,标志着对日诉讼大门关闭。目前,有正义感的人们开始走一条"非诉讼"的新路。

2011年11月28日,日本东京市中心,三大财阀之一的三菱集团大楼前,来了9个"不速之客"。

他们是"'二战'中国劳工三菱受害者联谊会联席会议(以下简称劳工遗属代表团)的代表。他们是来"讨债"的。

"二战"中,3765名中国劳工被掳至三菱矿业企业强制劳动。9人的劳工遗属代表团此次赴日,正式向三菱集团提出了谢罪赔偿的要求。这是截至目前,"二战"被掳中国劳工对日索赔行动中最大的一起。

"我的爷爷叫王永海,被日本鬼子抓到三菱长崎矿山做苦工。那时我爸才10个月大,就靠我奶奶一个女人拉扯大。到他18岁,奶奶没钱看病死了,到死都不知道爷爷去了哪里,其实爷爷已经在长崎原子弹爆炸中死了……"

"我的父亲叫任心富,1944年在街上被日本兵抓到三菱公司尾去泽矿山做苦役,工号156号……"

当裹着黑风衣的汉子一个一个站起来,屈辱的历史不再是冰冷的教科书。

1944年6月，战争仍在进行。6个人的吹鼓手队伍刚走近河北昌黎县城，就被日本兵抓走。其中5个老人很快就被放了回来，但26岁的喇叭手戴云祥却仿佛从世上消失了。

戴家唯一的男人不知生死，老母亲哭瞎了双眼。而这样家破人亡的故事，还有上千个。

戴云祥被掳到了三菱矿业饭塚作业点，工号是96-184号。在严密的监管下，劳工们不能外出，无论冬夏，永远只有一件薄衣服，磨破了就只能穿水泥袋。天寒地冻，很多人赤着脚干活。一顿饭只有两个窝窝头，病了也要干活，每天要干9~13个小时，多则超过15个小时。

"当列车到站时，中国劳工向垃圾箱蜂拥而来。即使监工劈头盖脸地打，但他们还是拼命抢着蔬菜碎块、鱼头等不要的部分，塞进口袋。都是直接生吃，太悲惨了。第一次我们都转过身去不敢看了。"当时的三菱美呗火车站站员小松田哲治回忆，"但每天早上都重复这样的画面，后来就变得无动于衷了。"

被掳一年半后，日本无条件投降，戴云祥九死一生，活着回来了。他在1945年12月从天津下船，"穿的是战后发的日本军服和一个毛毯，身上没一分钱"。

回国后，他一直在河北昌黎务农。直到1990年去世，他的身体再也没恢复正常，在最热的天里也永远穿棉袄。

戴云祥最小的儿子戴秉信，生于1963年。"父亲临死前拉着我的手说：'儿子，你一定要跟日本讨个说法。'我说：'爹，我记住了！儿子一定会有这么一天的！'"戴秉信激动起来，拳头砸向桌面。

21年前的戴秉信，没想过誓言能有实现的一天。

他高一辍学后出门闯荡，在引滦入京工程挑了半年土，攒下了600元的"第一桶金"。后来，他在黑龙江鸡西、鸡东、河北秦皇岛、承德辗转承包工程，1991年又在老家盖房开了个塑料厂，做瓶盖，每个卖一两分钱到一角钱，日子越过越红火，父亲临终时的誓言似乎已掀过了一页。

但这样安稳的生活，却在2000年被陡然打破。一个朋友拿着一张报纸来找他："上面登着《寻找"二战"劳工后代》的报道，这不就是你们家吗？"

戴秉信找到报社，我给了他一叠厚厚的受难劳工名单。那是日本志愿者多年调查出的珍贵历史档案。

此后，戴秉信开始自费寻访劳工。11年来，他走访了500多个村庄，找到三菱公司受害劳工家庭400多个。

但一路奔波的回报，并不全是感激和信任。"有时开车几百公里赶过去，被人赶出门。"有人"不信这个"，比较漠然："多少年前的事了，还管它干吗？重提又有什么用？"有人只问："有没有钱？"

这些问题，戴秉信回答不上来，比这些更难面对的，是老人的企盼。

"他们不知道在日本打官司有多难，只是不停地给我打电话来，我一说就要一两个小时，家里每个月电话单都老长。他们都老了，等不了几年了，还要跟他们说'再等一等'，心里特别不好受。"

"一开始想法很简单：找到了幸存者，日本肯定会给我们赔偿、道歉。这些年对日诉讼败诉，我的理解也变了，这不是一个人的事，是关系全民族的大事，一定要做下去。"

劳工遗属代表团此次赴日的费用是中日友好人士捐款筹集的。每顿饭，总能听见劳工遗属们互相说："吃的都别浪费了，这是人家给我们买的。"

几个人在自动贩卖机前打了几个转，商量着"100日元一瓶水等于多少人民币"，最后还是没有买。年龄最大的代表杨维纯拿绿茶瓶子装了旅馆的开水，带着路上喝。

有一天，晚餐的饭馆可以免费拍照一张，劳工们高兴地合影。但是免费的那张拍得不好，戴秉信掏出1000日元（约合80元人民币）买下了一张拍得好的。"不买，显得我们中国人太砢碜！"他一边往外走一边嘀咕说。

"如果提钱，就好像我们索赔是为了钱似的。我不想对外提。"他现在还被叫作"戴老板"，为了找被掳劳工，他的塑料厂丢过很多"大单子"。"其实最重要的不是钱。这里每个人都是这样。"

1974年生的王洪杰，几年前还是石家庄的饭馆小老板，过着每月收入5000来元的舒坦日子。

2003年，他和其他9名劳工遗属代表共同起诉日本政府、长崎县政府、奴役劳工的三菱材料公司，伙同日军强掳中国劳工的三菱重工公司，在日本地方法院被判败诉。2008年，他开始寻找被掳劳工后，饭馆倒闭了，现在他经营一家小书店，比"在农村种20亩地"的哥哥挣得还少。

这个当爸爸的说起11岁的女儿怎么爱画画，眼角都是笑意。但是他投身的劳工维权却给家庭带来了一次次无法弥补的遗憾。"这些年，对家里亏欠很多。让我媳妇跟着受苦，她没说啥，但我知道她肯定偷偷哭过。"

"去年1月10日，是我儿子出生。9日我媳妇就住院了，但是11日日本代表飞到北京。每次都是我联络安排的，我必须要去接。"

那个难熬的夜，36岁的男人坐在待产房外"哭了一晚上"。

代表团里，王洪杰是唯一穿西装的。这件深蓝色的西装，是妻子"擅自"买给他的礼物，平时都不穿，只在对日交涉时穿，所以历经几年了还很新。

王洪杰的爷爷当年在河北省东光县当小学教员，同时还是中共地下党员，1944年被抓到日本后，再也没能回来，骨灰还是工友背回来的。爷爷扛住过拷问，到死也没屈服，却倒在了暗无天日的异国矿山。

"那时候日本监工把中国劳工不当人，人死了都是拉到僻静地方堆在一起，泼上油一烧，就剩灰了。我觉得当时的中国人真有骨气！那么悲惨的时候，还能偷偷去把骨灰捡回来，收在身边的小盒子里，还能把同胞的骨灰带回来。"王洪杰一家为此感恩至今。

他的爷爷是幸运的。更多难友的遗骨被遗弃在苦难地，直到1953年。

2011年，中国"二战"三菱受害劳工代表及日本律师在日本东京三菱总部前抗议。左二为川口和子律师。

2011年11月27日到12月3日，劳工遗属代表团辗转东京、秋田、北海道等劳工受难地，呼吁日方谢罪赔偿。在一场场交涉中，很多劳工代表十指交握，身体前倾，如雕像般。

在和三菱集团律师紧张的交涉中，连水都没喝一口的，是三菱美呗矿山受害劳工代表马文义。还没轮到他说话，他就已经嘴唇颤抖。每次发言，这个不识字的中年农民总是说着说着就抽泣，反反复复只会说"我父亲吃不饱、穿不暖"。"现在我们劳工团结起来了……"他停了20多秒钟，偌大的长桌会议室只闻一个男人的哭声，"我……我们要叫日本人赔礼道歉！"

代表团到花冈墓园的中国殉难烈士慰灵之碑时，约零摄氏度的气温，落叶满地。劳工遗属代表们跪在铺满石子的地上："保佑我们劳工，必须胜利！"

11月29日上午，劳工遗属代表团在日本国会、参议院门前游行，还向国会的战后补偿议员联盟递交了呼吁信。他们高举横幅、标牌，喊着口号："劳工历史，不容忘记！""劳工血泪，不能白流！""劳工血债，必须偿还！"

戴秉信拿着喇叭，高高挥舞拳头，第二天嗓子全哑了。

"明年（2012年）就是中日两国邦交正常化40周年了，我们受害者并不是要重提仇恨，只是希望建立真正的中日友好。请你们一定要还受害劳工一个公道。"他对着不同的日本执政党议员、三菱公司律师、北海道政府这样说了无数次，但回复却不尽如人愿。

北海道知事室室长（相当于我国省政府办公厅主任——笔者注）高田久接过呼吁信说："对于过去战争造成了北海道有中国人被强制劳动的事实，我们感到非常遗憾。但北海道无法独立解决劳工的问题……"

"又是推托的话。"戴秉信无奈地摇了摇头。

11月30日，一行人来到尾去泽矿山遗址祭奠死难同胞。上午10时，天上开始飘起雪花。作曲家田汉的侄女、旅日艺术家田伟自费赶来。穿着单薄的黑绸唐装，头上插了一弯白花穗子，扎着鲜红的发绳，田伟唱起了："我的家，在东北松花江上……"

当凄婉的二胡声和着这歌声流淌在清冷的天空，一路走来的男人们，再也抑制不住眼泪。一个个都攥紧拳头，咬着牙，低着头任泪流，哭得肩膀直颤。

2011年劳工遗属在北海道祭奠死难祖辈的现场。右一为我国著名作曲家田汉侄女、艺术家田伟，左二为志愿来参与劳工祭奠的日本友人。

2011年，华侨林伯耀先生在日本国会前的中国劳工抗议现场。

为节省经费，行程中有两天，所有人是不沾床的。同行的还有几位老人。当时，长年从事劳工维权的田中宏教授已经74岁，旅日华侨中日交流促进会秘书长林伯耀先生也已72岁，他们也挤着坐夜车硬座，和劳工遗属们一样，没有怨言。

11月29日晚10时，登上从青森开往札幌的夜车时，大雪纷飞，代表们没有手套，把装满布鞋的编织袋高高举起，扛在肩膀上，大步走进车站。在与他们格格不入的日本站台上互相推让着，谁也没进有暖气的小候车室。

在夜车上，全程担当翻译的学者老田裕美先生低声唱起了日本"民谣之神"冈林信康的老歌《朋友啊》："朋友啊，黎明即将到来……"

"现在参与索赔者多是第二代,他们不像劳工本人那样有切身经历。这趟旅程是给受害者一个机会,亲身体验几分当年劳工受过的苦难。我们不能只去痛苦、愤怒、仇恨,什么都不了解,就只喊着要钱,要了解自己的历史,了解中国和日本之间的关系。"林伯耀说。

每到一座矿山,代表团都会摆上和当地死难劳工人数相同数量的黑布鞋,以示纪念。雪下得很快,到人们跪拜结束时,布鞋上又蒙了一层新雪。

北海道的三菱美呗煤矿旧址如今是新企业玉田产业公司的厂区,公司负责人玉田尚久听说代表团要来祭奠,这一天特地停产,还在雪地等候,并向劳工深鞠一躬。

12月2日,在离夕张市18公里的大夕张矿山旧址,一把白胡子的日本画家志村默然人陪同参加慰灵。他今年已88岁高龄,依然在画中国劳工的血泪史。

深山里没有人烟,每一脚陷下去,白雪都没到小腿。拉横幅的志愿者分出一只手套互相扔着,依然很快被冻僵。48岁的王效芳是此次劳工遗属团中唯一的女性,她双手冻得像硬石头,也没要别人递来的手套。

出发前,王效芳"不是一点想法没有的"。"我丈夫的爷爷1996年就去世了。我曾想过,就是官司打下来,不就那么点钱吗?"

"后来,我看见那么多日本的老人在帮我们,甚至比我们还辛苦,心里特别不是滋味。最后,临上火车的时候,我扶了扶志村老人,人家都88岁了,还来送我们。我不会唱高调,但是,这回真感动了。回来我就跟周围的劳工后代说,谁都不是为了钱,而是为了争这口气。"

在夕张市政府,放着征集日本2012年"年度汉字"的箱子,田伟往木箱里投了一个"绊"字。"这个字我们中文是'绊倒'的意思,但日语读作'kizuna',是切不断的羁绊、感情纽带的意思。"

在战后中国劳工索赔的斗争中,所有诉讼全部以败诉告终。2000年的"花冈和解"是第一起民间和解,此后又有"西松和解"。"虽然是和解,但两次都不是很理想,目标和结果的差距很大。"林伯耀说。

三菱受害者的整体索赔,难度还胜过前两次。"它们分别只针对一两个作业所的受难劳工,但是三菱受害者涉及12个作业所、数千人,有关团体间缺乏联系,意见也不统一。""三菱因为在中国有很多企业,必须注意形象,因此态度比较积极。他们提出,希望统一解决,否则不算真正解决。所以现在面临最大的困难是劳工遗属代表团结。"田中宏说。

2015年7月19日,三菱材料在美国洛杉矶市向近900名"二战"中被强迫在原三菱矿业劳动的美军战俘幸存者或遗属道歉。舆论认为,包括三菱材料在内,日本企业在"二战"期间犯下很多罪行,选择性道歉不是正确对待历史、反思错误的表现,这些企业应该向包括美国、中国、韩国等相关国家的所有受害者道歉并作出相应赔偿。

7月24日,日本共同社报道,围绕在侵华战争中强行绑架中国劳工的问题,日本三菱综合材料公司将和中国受害者谈判团签订整体和解协议：三菱材料将以基金的方式向每名受害者支付10万元人民币，支付对象总共3765名。共同社报道称，赔偿方三菱材料将对中国受害者及其家属表明"痛切的反省"和"深深的谢罪"。除了向每名受害者支付的谢罪金外，三菱材料还将支付1亿日元（约合500万元人民币）建立一座承诺不再重犯错误的纪念碑，并出资2亿日元（约合1000万元人民币）调查下落不明的受害者及其家人。

如和解达成，三菱材料支付总额约为80亿日元（约合4亿元人民币）。这将是日本企业战后补偿人数、金额最多的一次。

但新华社驻东京记者2015年7月24日致电日本三菱材料，该社广报部负责人称，由于案件正在处理当中，尚不方便就此作出评论。该负责人强调，共同社报道的消息源并非来自三菱。

中方谈判团中的山东三菱受害者联谊会秘书长王万营、三菱受害者联谊联席会秘书长戴秉信、长崎三岛联谊会秘书长王洪杰7月24日告诉笔者，目前和解尚未正式达成，"但我们所联系的三菱劳工受害者都比较支持、期待达成这次和解"。同日，笔者也联系了中国被掳往日本劳工联谊会三菱分会代理人孙靖律师。她表示："谈判的确在进行，但现在不方便接受任何媒体采访。"

此外，有37名三菱公司劳工受害者及遗属于2014年2月26日，向北京市第一中级人民法院起诉三菱综合材料株式会社、日本焦炭工业株式会社，要求损害赔偿。2015年2月，该团体宣布，鉴于三菱材料的姿态让人"看不到诚意"，从而彻底退出和解谈判。3月底，三菱公司向北京市一中院提出管辖异议。

纪念新美隆与川口和子律师:"我们反对军国主义复活的决心不会变"

记录这些还在行进中不断延长的历史,该拿什么作为最后一章?

我想了很多,最终决定把它献给两位为中国劳工奋斗到最后一刻的日本律师。

新美隆律师,生于 1947 年,花冈劳工诉讼、西松劳工诉讼(花冈诉讼之后第二起针对日本企业的民间索赔诉讼)的律师团团长。

2000 年 11 月 29 日,花冈和解正是在他的最初设想下达成的。

原告王敏老人的女儿王红女士(现已故),曾对笔者回忆,2000 年前后,田中宏教授、新美隆律师来中国最多,都是自掏腰包,每次中国劳工及遗属赴日,都是日方负担所有费用。"在日本,律师本来是收入很高的,但他们参与了中国劳工对日诉讼,就一直在往外掏钱了。吃饭前,经常看几个日本人在默默地凑钱,经常说'这顿饭新美请、田中请'……他们对中国的老人都特别尊重,一走路自然就会去扶,吃饭时就给夹菜,始终如一。"

2004 年 7 月 9 日,他和中日两国同仁们共同完成了一件原本不可能的任务——西松诉讼的二审胜诉。

然而 2005 年,新美隆律师被查出癌症晚期。

当年 6 月 30 日,花冈事件 60 周年纪念大会在京举行,新美隆律师的出现,让友人们揪心震惊。原本自信精神的律师团团长,已因化疗掉光头发、苍老瘦弱。

长期跟拍劳工诉讼的摄影家张国通先生回忆:"许多人哽咽失

声，泪眼盈盈地向他道安。第二天傍晚，再一次沉重的、永远叫人难以忘怀的送别中，新美隆先生走了。这是他最后一次来到北京，最后一次告别中国。"

2006年12月20日，新美隆先生永远合上了疲惫的眼睛，59岁英年早逝。他未曾从中国劳工的相关诉讼中获取过一分代理费。

"我一直不认为日本有好人，现在改变了。"劳工幸存者王敏的女儿王红女士曾告诉我。

另一位长年奋斗的律师，就是川口和子女士。

川口和子生于1964年。她的父亲生于1934年，母亲生于1935年，日本无条件投降时，他们都还只是小学生。她的爷爷是高中校长，"二战"时没有参军，日本冈山出身的外公被征召当了一名情报兵，在中国山东参加过侵华日军，"没有上战场杀人，但可能去过日军开设的所谓'慰安所'"。

2012年，在北京，川口律师和笔者聊天时，出人意料地使用了"姥爷"这个中文："我姥爷去世后，我才来北京进修。姥姥拜托我把他的遗像带到了中国，说是死前特别想回一次中国。"

川口律师说，她20多岁时完全不知道花冈事件，也不了解"二战"期间中国劳工被残酷压迫的历史，是新美隆律师给她打开了历史的大门。

时间指针拨回到1995年4月，那是"花冈事件"正式起诉前两个月。

当时原告律师团团长新美隆了解到，青年律师川口和子即将到中国的北京大学进修，就邀请她参加这个帮助中国人的法律援助案件。

于是，31 岁的她成为了原告律师团 15 人中最年轻的一位。另一名律师团成员上本忠雄，也是川口和子同期的研修生。

1996 年 2 月末，川口和子来到北京大学，开始了两年半的留学生活。"刚来时饮食不适应，头半年老是拉肚子。"

"每到夏天，电视台放得最多的就是抗日剧。日本留学生有时会被中国学生围住、指责。我觉得，中国学生可以批评日本学生不知道历史，不过不应该把他们当成侵华日军施以暴力。因为在花冈诉讼之前，中国对日本的战后责任诉讼是非常沉寂的。日本教科书上也没写这些内容，没办法，必须加大宣传，日本的年青一代才能知道历史。"

1996 年暑假，新美隆律师、田中宏教授、旅日侨领林伯耀先生飞到北京，给中国原告汇报花冈诉讼进展情况，在北京大学的川口和子也参会。

川口和子律师 1995 年参加花冈受难劳工诉讼活动时的照片。图片来源：1995 年 12 月 10 日《二战日军强掳中国劳工思考会刊》第 30 期。

两个月后，1996 年 10 月，关注"二战"期间日军性暴力受害者的"山西省·查明会"石田米子、WAM 的池田惠理子等女士（本书"女性篇"讲述了她们的故事）来山西进行田野调查。林伯耀先生把川口和子推荐给了后援团体："她可以帮助你们。"

在山西盂县，川口和子参与了对万爱花等多位大娘口述历史的记录、翻译。这给了这位年轻的日本女性太大的震撼。

1998 年 8 月，川口和子结束在北大的学业，回到日本，继续律师工作。这一年的 10 月，她作为中国原告受害妇女律师辩护团的律师，在日本东京地区法院就侵华日军性暴力起诉。

尽管伴随着大娘经历不公正的败诉，川口和子和她的友人们也没有放弃。

她告诉笔者："是花冈诉讼给了我启示。11 名原告不愿意只解决自己的诉求，而顾及几百名花冈受难劳工同胞的集体利益，而宁愿和解，这震撼了我。如果不是思考方式的变化，1997 年花冈劳工败诉以来、2007 年万爱花大娘败诉以来，我们就该什么也不干了。"

性暴力受害者的大娘们败诉以来，她们不断出版刊物《出口气》，在中日两国举办图文并茂、丰富翔实的"二战"期间日军性暴力受害者展览，让更多中日两国人民了解这段不该被人遗忘的历史。

新美隆律师相当于她的半个老师。回忆他时，川口律师也坦言愿意这样无私、无偿为中国人打官司的日本律师是越来越少了。

"我们都老了，宣传方式也老化了，不懂在网上社区怎么吸引年轻人关注。同时，日本律师素质参差不齐、竞争激烈，加之日本经济不景气，律师生存状况也不轻松，尤其是年轻律师。打个比方，以前日本司法考试中，400个人中大约有100人当法官、检察官，其他300人都是律师，而现在，会有100人当法官、100人当检察官，只剩200人愿意来当律师了。"

曾有不少日本年轻律师的确对法律援助感兴趣，询问过川口律师。但她实话实说："我们每次去中国实地调查都是自费，需要努力接其他案子赚钱，来补贴这些'亏空'。"年轻律师们一听就打了退堂鼓。

2015年，安倍晋三悍然强行推动了被批评为"战争法案"的安保法案，使世界各国都感觉日本上空阴云密布。

但川口律师生前，还是一直对扭转日本右翼思潮抱有希望和信心。2013年时，她就曾告诉我，对日本右翼政客桥下彻认为"'二战'日军慰安妇是自愿的"等荒谬言论，日本民众爆发了许多抗议行动。"十年前不可能对桥下彻有这么大的批评之声，安倍晋三也有了转变，并没有公开支持桥下彻。这段历史的口述史受到重视，重要原因就是20多年来万爱花大娘这样的受害者们一个个站出来，鼓起勇气公开作证。"

川口律师并不是一个"自来熟"的人，平时并不会主动和中国友人多说什么，主要都是谈诉讼和工作。但接触久了就会发现，她和许多日本友人一样，深自内敛、实则古道热肠，是一位非常善良、平易近人的可敬女士。

还记得2013年我前往大馆花冈参加"6·30"慰灵祭时，和谷地田恒夫老先生聊天。有听不懂的地方，川口律师就热心地帮我翻译。

那天，我们要前往机场了，膝盖做了手术、挂拐的谷地田老先生竟然亲自开车送我们。他的理由是："没有别的人手啦。"田中宏教授和我坐后排。川口律师中年发福，要挤进前排不太容易，谷地田先生老实不客气地说："你是坐不进来的了！"川口律师毫不介意，笑着说："太过分啦！"

一次在北京的便饭席间，川口律师很关心70多岁、做过大手术的旅日华侨林伯辉老先生。林伯辉先生笔名"八戒"，是旅日侨领林伯耀先生的弟弟，一辈子做了大量"二战"史调查，挖掘出了许多珍贵史料。

我还记得，川口律师说："八戒先生，不可以再不注意健康管理，乱来一气啦，要戒烟戒酒啦。我父亲戒烟后一周就去世了。"

当时在座的有来自中国台湾的翻译志愿者韩燕明先生，他打趣说："这就是见不到心爱的东西才去世了吧！"川口律师反驳说："显然是戒烟太晚了吧！"林老先生却笑着说："韩燕明说的是个好解释啊！"

写下本书的2015年，林老先生依然健在。谁都没想到，年轻得多的川口律师却已永远离开了我们。

2013年，川口和子律师、田中宏教授等多位日本友人开始接受戴秉信、王洪杰等诸多三菱公司各作业点的受害劳工遗属的委托，负责与日本三菱集团的非诉讼索赔交涉，为此耗尽心力。

2014年12月3日，川口和子女士突发心脑血管疾病去世，年仅50岁。

70多岁高龄的旅日侨领林伯耀先生、田中宏教授都告诉我：

川口和子律师生前和笔者的合影,当时谁也没想到她会这么早离开我们。张国通摄。

"12月2日,她还和我们、三菱劳工受害者遗属一起,到三菱公司交涉。交涉有很大进展,对方已准备同意谢罪赔偿的要求,川口律师特别高兴!从三菱公司出来后,我们就去喝一杯庆祝。川口律师酒量不错,那天也喝了不少啤酒。然后她就说律师事务所还有工作要处理,就离开了。谁也没想到,这竟是最后一面……"

她猝然离开人世的前一天,还在交涉。对这样的人,唯有一句话能形容:"鞠躬尽瘁,死而后已。"余不知有他。

林伯耀先生说:"从20世纪80年代开始,日本就有民主人士参与索赔运动。几十年了,我们逐渐老了,志愿者也越来越少,中国人自己要站起来。这些劳工后代最大的后盾肯定是祖国同胞,没有声援,他们就没有力量。"

苦难的历史,中国劳工和遗属的年轻一代没有忘。

2015年6月26日上午,在"二战"期间被日本强征至花冈矿山的2名中国劳工及11名劳工遗属在大阪地方法院状告日本政府,要求道歉并索赔。这是"花冈事件"相关人员首次直接起诉日本政府。

在此之前,他们的多次内部讨论会上,研究这段历史的日本学者、志愿者老田裕美先生曾反反复复、明白地用中文告诉中国劳工遗属的年轻一代:"起诉日本政府是一个重大的决定,从过往的案例来看,有很大的可能会败诉,什么谢罪赔偿的结果都拿不到。一切的选择决定权都在你们。大家可以好好想一想,即使这样,你们也要起诉吗?"

年轻人沉默过、思考过,但他们最后的回答都是:"我同意,我们要起诉日本政府!"

这一次,中国原告的起诉书上,要求日本赔偿 7150 万日元(约合人民币 360 万元),表示日本政府"绑架中国人并强行将其运送至日本,强迫他们劳动,但战后还隐瞒上述行为,未采取任何补偿措施"。

日本时事通讯社 2015 年 6 月 26 日报道称,关于战时中国劳工案、慰安妇诉讼等,日本最高法院 2007 年曾做出裁决,"中国在《日中共同声明》中放弃赔偿请求权"。不过"花冈事件"的中国原告表示,这是错误的解释,中国放弃的是国家间的赔偿。日本外务省表示,还未接到此案的诉状,目前不予表态。

2015 年 10 月 30 日,身在日本大阪的张国通先生给笔者发来了邮件:

"上午 10 时,大阪地方法院 202 号法庭,'二战'期间日本强掳中国劳工大阪、花冈受害者遗属对日本政府提起的索赔诉讼案第一次开庭。3 名中国受害者遗属原告和 5 名被告方代表出庭。"

"本诉讼案原告方的日本代理律师丹羽雅雄、中岛光孝、和田义之、宫泽孝儿宣读诉讼状,中国劳工受害者遗属宋明远、王敬欣、段伟玲出庭陈述父辈受害的历史事实。"

"来自日本各地的 75 名受害者支援团体参加了旁听,并和原告方一起在大阪地方法院门前举行了抗议日本政府'二战'强掳中国

2015 年 10 月 30 日，中国劳工原告在大阪地方法院前。张国通摄。

劳工罪行、要求谢罪赔偿的游行。当晚，日本和平友好团体在大阪劳动会馆集会，声援中国受害者对日本政府的索赔诉讼。"

上面这张照片，右二是劳工遗属的第三代，"70 后"的张恩龙。

"我爷爷叫张金亭，他是 1944 年洛阳战役中被日军俘虏的国民党军士兵，在花冈强迫劳动时是劳工里的'中队长'，跟着'大队长'耿谆一起发动了花冈劳工暴动。"

"战后我爷爷没有马上回国。因为盟军在横滨审判 B、C 级战犯，我爷爷作为证人留在日本。就在这期间，认识了我奶奶。她是日本人。"

他本人自小从祖母那里学了些日语，也曾去日本留学 3 年。2004 年，他接过了父亲的担子，开始参加每年 6 月 30 日花冈劳工暴动纪念等活动。2014 年，他成为花冈和平基金的专职工作人员。

张恩龙坦承，现在为"二战"受害劳工奔走呼吁的中国人，大都是受害者的亲人、代理律师。"这本来就是我们自己的事情，要是我们都遗忘了，谁还来记住？"

新美律师，川口律师，你们看见了吗？你们走过，留下了路。新一代正在把路越走越宽，历史的车轮仍在滚滚向前。

哈维尔说过："我们坚持一件事情，并不是因为这样做了会有效果,而是坚信,这样做是对的。"

谨将这句名言,献给天上的新美隆律师和川口和子律师,献给天上的耿谆老先生和王红大姐,献给每一位坚持追寻正义的中国人和日本人。

"现在中国这么多人来要求日本谢罪,对战后活到现在的我们来说,是奇迹一样的存在。这让我们看到希望。"不止一次,当看到中国人来日本诉讼或抗议战争罪行时,町田忠昭先生都让我给劳工遗属们转达这句话。

瘦削的日本老人说的时候,总是笑着,双手合十。

后记

本书记录的是和中国人普遍印象"不一样的日本人"。纪实写作的初衷就是我震惊于他们为中国人付出之多,却在中国无人知晓。就在我准备书稿的过程中,惊闻川口和子律师英年早逝,懊悔至极,泪如雨下。曾向她禀告过记录的计划,却以为时日尚多,她每次总是行程匆匆,不及详谈。在这里,还要拜上一句:"川口さん、遅くなりました。申し上げございません!"接连的噩耗,加紧了抢救性记录的紧迫性。

在本书的末尾,我还想讲两位"不一样的中国人"。

一位,是旅日侨领林伯耀先生,一位,是已去世的中国劳工遗属王红女士。

1939年生于日本京都乡间的林先生,有一长串头衔:现任中华海外联谊会理事、旅日华侨中日交流促进会秘书长、日本纪念南京大屠杀遇难者60周年全国联络会共同代表、日本被强掳中国战俘劳工殉难者联合慰灵祭奠执行委员会事务局长。

但在长期到日本打官司的中国"二战"受难劳工、"二战"日军性暴力受害的老大娘眼中，他就是一个倾家荡产、为日本历史问题战后追责奉献一生的中国人。

"林先生一辈子生活、工作在日本，早有资格加入日籍，但他坚持一生都要保留中国国籍。他总说：我是中国人！"张国通老师曾告诉我。

王红大姐生前曾告诉我，1994年前后，在林先生为中国劳工诉讼奔波的时候，林夫人一个人在家，突发疾病倒下了，后来依靠复健才好了一些。"后来林先生来华，就带着夫人。一个白头发老先生背着重重的双肩包在前面走，老太太就在后面颤巍巍地拽着背包带跟着，或者坐轮椅。"

林先生和王红大姐第一次见面，是在1988年10月。林先生从日本飞到河南开封，见到了花冈事件的幸存者耿谆、王敏、张兆国、刘玉清。当时，王红陪着父亲去。

她回忆说："当时我还没把这段历史提高到民族高度来认识，后来林先生他们一次次专程来中国，寻找幸存者老人，我真是不好意思，也慢慢参与了寻找。我和林先生开玩笑说：'上了贼船就下不来了。'"

1990年开始，她拿着复印的一沓当年掳日中国劳工的名册，坐着车，辗转各省农村，数十年如一日。"我孩子上高中以后，寒暑假也跟着我去找。找到了，就一个个照相。林先生说我照得真好，不是我拍照技术好，是幸存者老人那种'几十年了，终于有人找到我们了'的眼神，有震惊、有期待，让人放不下、丢不开。"

林伯耀先生为中国劳工付出多少，他自己从来不讲。但王红大姐讲过一些："1990年代，北京华侨村附近有平房旅馆，10元、20元一天，林先生他们经常就住在那儿。有一次，外头下大雨，屋里下小雨。幸存者老人也来的时候，林先生就让老人睡床，自己躺地上。他说：'能多省点钱，就能再多干一段时间。'林先生对老人的尊重，有时连亲子孙也比不上。"

2013年我见到王红大姐时，她已患有癌症，做过手术，当时还在化疗，一直剧烈地咳嗽。但当她面对劳工遗属的年轻一辈时，她立刻能直起腰杆，放开精神十足的大嗓门，谆谆叮嘱："去日本祭奠我们的先人，代表的是中国人的形象，大家一定不能丢人！"

直到去世之前，王红大姐都作为花冈基金管理委员会委员，为寻访幸存劳工及遗属、每年到日本的"6·30"慰灵祭尽心尽力。当时一别，我们还约好再次相逢再叙。不料此后，王红大姐就回到河北继续化疗，再也没能回到心爱的岗位上来。在此谨奉上一炷心香，为这位风风火火的大姐祈祷冥福。

2013年花冈受难者联谊会培训交流会上合影。从左至右分别为：中国台湾韩燕明先生、旅日华侨林伯耀先生、林伯辉先生、清华大学刘江永教授、王红大姐、笔者。张国通摄。

每次和他们在一起,我都会感觉到一种"不一样"的气场。林先生的企业原本办得蒸蒸日上,现在他自己的房子却越住越小;田中教授是很多日本国会议员的座上宾,老人家却只把这些"高大上"的关系介绍给中国劳工和"二战"日军性暴力受害的老大娘,自己和我一起挤东京晚高峰的地铁;川口律师能接很高收费的案件,却为中国劳工诉讼免费代理,还倒贴钱一年年跑中国直至去世……

在"一切向钱看"的社会里,这些人显得如此格格不入。他们简直是"太傻了"。但是,这个年代不缺头脑,不缺算计,不缺精明,就缺"傻劲"。

这种"傻劲",几千年前孟子就形容过:"虽千万人,吾往矣。"

本书撰写过程中,幸蒙太多前辈师友的无私指导、鼓励和帮助,在此致敬并致谢书中记录的每一位中日前辈,旅日华侨林伯耀先生、林伯辉先生、墨面先生等诸位,日本前辈友人田中宏先生、老田裕美先生、町田忠昭先生、川见一仁先生伉俪等"'二战'日军强掳中国人思考会"的诸位,石田米子女士、池田惠理子女士、西野瑠美子女士、田卷惠子女士等援助"二战"日军性暴力受害者的诸位,中国被掳日劳工幸存者老先生及遗属张恩龙先生、杨静女士等诸位,长期关注"二战"日军性暴力受害者问题的山西大学赵金贵老师及民间学者张双兵老师等诸位,对"慰安妇"历史问题进行调查研究的苏智良、陈丽菲教授,长期跟踪拍摄中日战争遗留问题的摄影家张国通先生、918爱国网主编吴祖康先生伉俪,给予多次无私指导的卓南生先生,长期研究中日历史问题并慷慨赐序的清华大学教授刘江永老师,陈小川先生,郑琳女士,杨亮庆先生,曾鼓励我多做研究的华人作家陈河先生，长期支持我的领导同事诸位，清华大学出版社纪海虹与李莹女士，以及笔者的家人朋友（排名不分先后）……本书承蒙连尚上女士协助翻译了田中宏先生著作《在日外国人》一书中部分的回忆录、"'二战'日军强掳中国人思考会"1990年至1996年11月的部分文献资料，杨川女士协助翻译了町田忠昭先生关于鹿地亘事件回忆录，武琼女士协助翻译了"'二战'日军强掳中国人思考会"1997年1月至2010年2月的部分文献资料，初稿由我再次校对翻译形成定稿。在此一并致敬致谢。

一本小书所能承载的有限，还有许多我还未能面见的中日仁人志士在为让日本全社会反思战争罪恶、为中日友好和平而奔走奉献，在此同样拜上敬意。纸短言长，也许挂一漏万，致敬每一位关注中日历史问题、并为此付出过的先生和女士，无论您来自中国或是日本。

尊敬的读者，掩卷之时，希望这本小书能为期待了解日本、了解历史、了解当下中日关系的您，提供一个新的视角，留下一次心的触动。如您对本书有感想意见、批评建议，或对书中记录的中日志愿者团体或个人致信、捐赠，可联系邮箱：zhuangqh05@163.com。

最后，祈愿为中日两国友好努力的人们健康幸福长寿，中日友好事业万古长青。

2015年9月18日于北京

参 考 文 献

[日]松井やより:《愛と怒りと闘う勇気》(中译:松井耶依著《爱与怒·战斗的勇气》),日本岩波书店,2003。

[日]池田恵理子等:《松井やより全仕事》,WAM(女たちの戦争と平和資料館)刊印。(中译:池田惠理子等编著《松井耶依事业全纪录》),日本女性战争与和平资料馆刊印。

[日]西野瑠美子、金富子、小野あかね等:《「慰安婦」バッシングを越えて——「河野談話」と日本の責任》(中译:西野瑠美子、金富子、小野茜等编著《跨越"慰安妇"的责难——河野谈话与日本的责任》),日本大月书店,2013。

[日]池田恵理子等:《証言と沈黙——加害に向き合う元兵士たち》,WAM(女たちの戦争と平和資料館)刊印(中译:池田惠理子等编著《证词与沉默——直面加害的日军老兵们》),日本女性战争与和平资料馆刊印。

[日]中国人強制連行を考える会:《中国人強制連行を考える会ニュース合本(創刊号～１００号)》。中译:"二战"日军强掳中国劳工思考会编著《二战日军强掳中国劳工思考会会刊合集(创刊号至第100期)》),2010。

[日]町田忠昭:《鹿地事件の覚書》(中译:町田忠昭著《鹿地事件回忆录》,1994年成稿,未公开发行。

张国通编著:《花冈事件》,郑州,河南人民出版社,1999。

[日]野添宪治:《花冈事件记闻》,保定,河北大学出版社,1992。

[日]田中宏:《在日外国人——法の壁、心の溝》(中译:田中宏著《在日外国人——法律的隔阂,心灵的鸿沟》),日本岩波书店,2013。

张国通:《花冈事件60年》,北京,中国摄影出版社,2005。

张国通:《二战时期日军强征"慰安妇"罪行采访纪实》,北京,中华书局,2015。

[日]石田米子、内田知行等:《发生在黄土村庄的日军性暴力:大娘们的战争尚未结束》,北京,社会科学文献出版社,2008。

张国通:《新美隆》,北京,中国图书出版社,2008。

张国通:《历史的告白》,北京,中国图书出版社,2010。

[日]猪濑建造:《痛恨の山河——足尾铜山中国人强制连行の记录》(中译:猪濑建造著《山河含恨——日本足尾铜山强掳中国劳工记录》),日本随想舍书店,1994。

庄庆鸿:《劳工暴动 在"帝国主义大本营"》,载《中国青年报》,2009-08-13。

庄庆鸿:《被掳劳工对日索赔拟采用非诉讼方式》,载《中国青年报》,2009-08-13。

庄庆鸿:《日本女性记述的中国"慰安妇"历史》,载《中国青年报》,2010-04-05。

方天天、庄庆鸿:《中国二战被掳劳工赔偿案再次和解 日本公司向中国劳工认罪反省 人均赔偿近5万元人民币》,载《中国青年报》,2010-04-27。

庄庆鸿:《65周年6830双布鞋的纪念》,载《中国青年报》,2010-08-16。

庄庆鸿:《历史,活着》,载《中国青年报》,2011-12-30。

庄庆鸿:《纪念松井耶依》,载《中国青年报》,2012-02-02。

庄庆鸿:《二战性暴力受害者证人日渐凋零 民间团体公布首批幸存证人名单》,载《中国青年报》,2013-09-18。

庄庆鸿:《中国"慰安妇"代表向日本内阁递交抗议书》载《中国青年报》,2013-07-03。